牧野富太郎の恋

長尾　剛

朝日文庫

本書は書き下ろしです。

目次

牧野富太郎の恋

第一章　掛け図との出会い

明治二十一年。東京府。

未だ古き良き江戸時代のゆったりした面影の残る飯田町界隈。

その夕暮れの中の小路を、一人の若者が足早に歩いていた。

白い上着の胸元や裾には、インクだろう、小さな黒い染みが散見している。それはズボンも変わらない。一目で、印刷所に勤めている若い職工だと察せられる。細身ながらも手足の筋肉はがっしりしていて、いかにも、ふだんから活発発地と働いているようだ。髪はボサボサだが当世風に短く刈り込んでいる。丸眼鏡の奥に光る眼はキリリとして、深い知性が感じられる。胸を張って堂々と歩く姿は、どこか自信にあふれて頼もしい。

その若者は、一軒のこぢんまりとした店の前に着くと、ぴたりと脚を止めた。急に軽く動揺し始めたようである。顔を少しだけこわばらせ、心なし頬を赤くした。すうと一息、深呼吸すると、意を決したようにガラリと戸を開いた。

「ごめんつかあさい」

「まぁ。またいらしていただいて、毎度ありがとうございます」

少し暗い店内に、弾むような声が響く。

店番の娘である。歳は、見たところ十七、八歳。かわいい笑顔で、目元が嬉しそうに少し緩んだ。それでも背筋をピンと伸ばして、凛とした趣である。着物も決して高価なものには見えないが、きれいな着こなしで姿がすっきりしている。

店内には、饅頭や団子が並び、さらに、花林糖やらこんぺい糖やらの入った箱が並ぶ。菓子屋である。

駄菓子を詰めた箱には、当時にはまだ珍しいガラスの蓋が付いている。店内はきれいに掃除が行き届いていて、当時の菓子屋には不釣合いなくらい清潔感がある。「小さな店とて、そこいらの子供相手の駄菓子屋とは、うちは格が違うのだ」とでも言いたげな、店主の〝無理に背伸びしているような拘り〟が、店内のそこかしこに見られる。

若者は、娘の笑顔に安堵したようにちょっとリラックスした観で、口を開いた。

「饅頭をください。四つ。……いや、六つ」

「あら。そんなに。いつも、たんとお買い上げ、恐縮にございます。あの……」

「恐縮」は、菓子屋の娘らしからぬやや堅い言葉である。娘は少し口をつぐんでから、思い切ったように問うた。

「奥様や子供さんへのお土産ですか？」

若者は、そんな質問がくるとは全く想像もしていなかったようで、いきなり顔を真っ赤にした。焦った口調でせわしなく首を横に振った。

「と、とんでもありません。僕は独り身です」

「あら。それは、とんだ失礼を」

娘はすぐに笑顔のまま答えた。けれど、その笑顔が先程とは違って、客商売用の作り笑顔ではなく、ごく自然な無邪気なもののように見えた。若者は、その笑顔が妙に嬉しかったらしく、柔らかに言葉を続けた。

「饅頭は、自分と友達とで食うのです。こちらの饅頭は、とても旨(うま)いですキ」

思わず御国訛(おくになま)りが出た。しかし若者は、そんな自分の口調にさえ気づかない。娘の自然な笑顔をただ見つめている。

娘も、その御国訛りのことにはわざと何も触れず、菜箸で饅頭を上手に挟むと、てきぱきと竹皮の包みにきれいに並べ、紐(ひも)でキュッと縛った。手慣れたものである。それを両手で大事そうに持って若者に手渡す。

「それでは」

「またのお越しをお待ちしております」

娘は、若者を見送るように戸口まで一緒に出た。そして、もう一度頭を下げてから、若者の背が見えなくなるまで見送った。

夕暮れである。表通りではないので、ガス灯はまだ、ここまで備えられていない。若者の背は、すぐに夕日の中に見えなくなった。

娘は、若者の姿がすっかり見えなくなるのを確認してから、暖簾を下げた。若者が来るのを待って店を遅くまで開けていたのだ。

暖簾を片づけて店内のランプを消すと、店の奥の座敷に上がる。すると、すかさず

「壽衛。また、あの職工さんがお出でかえ」

と、奥座敷の隅から声が掛かった。娘の母親である。

娘の名は壽衛という。

この菓子屋は、壽衛の母親が未亡人となったのち、新しい生業として開いたものなのだ。今では次女の壽衛に店を任せて、少し早い隠居生活である。

母親は煙草盆の前でキセルを一口くゆらすと、ポンとキセルの灰を灰入れに入れた。その所作が、何やら玄人じみている。しかしそれでも身なりはきっちりとしていて、背筋もしっかりと伸び、娘同様に凛としている。

「はい、母上。いつもご贔屓いただいています」

娘は少しはにかんだように、暖簾を畳みながら答えた。

「おまえ、あの職工さんを好いておいでかい」

母親は、真正面からきわめて真面目に問うた。壽衛は、あわてることもなく素直に

「はい」

と、しっかり答えた。

母親に向けたその顔は、照れるでもなく嬉しそうである。

「あの御国訛りは、土佐だね。土佐っぽの職工さんかえ……」

母親は顔を曇らせた。

「うちは、世が世ならば、譜代の大大名の井伊様の家臣の家なんだけどねぇ。その娘と土佐出の職工さんか……」

要するに「不釣合いだ」と言いたいのだ。

壽衛は、母親の愚痴を「またか」と思いながらも、笑って答えた。

「母上。徳川様の世が終わって、もう二十年以上経つのですよ。この『四民平等』の明治の御代に、武家の家系がどうのこうのと言っても詮ないことですよ」

壽衛の亡父は、小沢一政という名で、井伊家の治める彦根藩の上級家臣だった。明治維新後は、陸軍省の営繕部に勤めた。営繕とは、建築物の新築や補修などを指す。

一政の生前、小沢家は比較的裕福であった。壽衛も踊りや茶の湯などを学んだ。母親は京都の出で、こうした女のたしなみの教育に熱心な人だった。しかし一政の没後は暮らしも不如意となり、菓子屋を開いて、このように生計を立ててきたのである。

一方、若者は饅頭をぶら下げて下宿に着く。

部屋に上がると、そこは一種異様な光景だった。

大きな書棚には、おもに海外の書籍がぎっしりと並び、それでもスペースが足りないと見えて、畳の上に、何十冊とあふれた書籍がきれいに積み上げられている。それよりも異様なのは、壁ぎわに置かれている古新聞の束である。

それは、一枚一枚ていねいに畳まれて積み上げられ、一番上には大きな重石(おもし)が置かれてある。古新聞からは土の香りがこぼれ、それが部屋中にあふれているから、鼻孔にその香りが突き刺さって、部屋全体がまるで野原のようだ。

一枚一枚の古新聞の中にあるのは、さまざまな植物である。重石は、植物の水分を抜くために置かれているものだ。つまりは、古新聞の中身は植物標本の造りかけなのだ。

「やあ。〝饅頭〟のお帰りか」

部屋には、若者とほぼ同年代と見られる男が、くつろいだ姿で待っていた。若者が入るなり快活に声を挙げた。学生服をまとって、学生帽は近くに放っている。この来訪者、帝国大学の学生だ。

「池野(いけの)君。今日も来とったのか」

若者はこの来訪者の姿に驚くでもなく、差し向かいに腰を下ろした。二人は穏やかな笑顔を交わし合う。

「うん。家主に挨拶して、勝手に上がらせてもろうた」

「いつものことさな。饅頭の土産も、いつものことだ」

ここで二人は「ははは」と笑い合った。

「茶を入れよう」

若者はヒョイと立ち上がると、汲(く)み置きの水を鉄瓶に注いで、それを火鉢に掛けた。

やがて鉄瓶がチンチンと音を立てて、湯が沸いた。

「済まんな。お勤め帰りでお疲れのご主人様に、茶を入れさせて」

「『たぬきの巣』のご主人様か」

二人はクスクスと笑う。

この山と積まれた書籍と造りかけの植物標本に埋もれた部屋を、彼らの仲間内では、冗談めかして「たぬきの巣」と呼んでいた。

「相変わらず牧野(まきの)君の入れてくれる茶は旨い」

池野は、湯飲みから一口グイと飲むと、さも感心したように言った。

「僕は、安い茶は嫌いだ。香りも味もまろやかなのが良い。茶葉と言えど植物だからな。良いものを揃(そろ)えるのは、植物に対する敬意の表れさ」

牧野は自慢げでもなく、大まじめにこう答えた。

「その意気や佳し、だ。さすがは牧野君だ。とは言え、そんな贅沢は、ふつうの若者には、そうそう出来んよ。やはり、大店の若旦那ならでは、だよ」

池野は軽くからかうように言う。牧野は一瞬ムッとした。

「カネの問題ではないよ。万事において、いかに植物への敬いと愛情を持つかの問題さ」

牧野は、不機嫌そうなまま買ってきた饅頭を一つ取ると、一気に口に放り込んでモグモグと頬張った。池野も、黙って饅頭を食べ始めた。

牧野が植物の話題になるとムキになるのは、いつものことである。池野は気まずさなど微塵も感じさせず、旨そうに饅頭を二つ、続けざまに平らげた。

そうなのだ。この部屋の主、名は牧野富太郎。植物学者なのである。

年齢は二十六。学会の重鎮と呼ぶには、ほど遠い。だがおそらく、この時代の日本において、もっとも植物学への情熱を燃やしている男である。

牧野富太郎は、文久二年、土佐藩家老の町「佐川」に生まれた。

家は五代続く老舗の造り酒屋である。店の名は「岸屋」という。代々の主人は皆、商才のある人で真面目だったから、商売は堅実に発展を遂げ、牧野の生まれた時分は、押しも押されもせぬ佐川で一、二の大店だった。牧野の家が商家でありながら、藩より名字帯刀を許されていたのも、それゆえである。

ただ、牧野は家族には恵まれなかった。三歳の時に父を亡くし、五歳で母を失った。さらに、六歳の時には祖父が鬼籍に入った。

牧野は兄弟姉妹もいなかったので、身内は祖母一人となった。けれど、この祖母が壮健で、牧野の世話、教育の一切を受け持った。

祖母は、早くに両親を失った牧野への憐憫もあってか、牧野を溺愛した。店の者たちも、祖母の想いを察して、誰もが牧野に優しかった。牧野は子供の時分「オトナから叱られる」という経験が、まるでなかった。

それでも祖母は、大店の商人らしく礼儀作法だけは、きっちりと躾けた。

また、当時の一般教育は儒学である。儒学では「孝」をもっとも尊ぶ。年長者への礼儀が何より重視される。牧野は、躾けの中で自然と、と言うより漠然と「孝」の精神を培っていった。だから、店の番頭から下女（家政婦）に至るまで、礼儀正しく相手に接した。牧野が店のオトナの全てに可愛がられていたのも、そんなところに理由があろう。

ただ一つ、教育や時代性という牧野の背景からは、どうにも説明のつかないことがあった。

江戸時代の土佐の地方に生まれながら、牧野が生粋の〝近代人〟だったことである。近代以前の人間は、人間を万物の中の一要素と想定する。自然と人間の境界が曖昧で、両者をはっきりと対峙させない。

だから、食料や建築物として、自然のものを、そのまま使う。そして、それ以上のことは、自然に対してほとんど何もしない。あるものをありのままに受け入れるだけである。

つまりは「自然科学」つまり「自然を科学的に探究する精神」が、きわめて希薄なのだ。

しかし、近代人は、そこから一歩前に進む。自然万物を「自分の目の前にある対象物」と考える。よって、自然万物は観察し、探究し、分析し、分類するもの。——として捉える。

牧野は、幼少の頃から地元の森や河原、草原の中で、ほかの子供同様に日々を遊び暮らした。身体はそれほど強くはなかったが利発だったので、子供仲間のリーダー格で、相撲や合戦ゴッコに明け暮れた。この点は、ふつうの子供だった。

けれど、当時のふつうの子供にはない、大きな一面を持ち合わせていた。

ある時、店の番頭が、当時にはほとんど見る機会さえない懐中時計を見せてくれた。

「ほら、若旦那。おもしろいですろう。カチコチ音がして、この二本の針が動いてますろう。西洋では、これで刻が分かるんですき」

牧野は子供でも、父も祖父も兄もいないから、立場は店の主人なのである。

牧野はじっと、番頭の手の平にある懐中時計を無言で見つめた。番頭が「もう、よかろう」と懐中時計を懐にしまいかけると、牧野は突然

「それ、一晩わしに貸してくれんか」

と、言った。

番頭は一瞬、躊躇(ちゅうちょ)した。が、なにしろ牧野が可愛かったから

「おやおや。一晩とはまた長いですな。よほどのお気に入りと見えますな。では、どうぞお持ちください」

と、牧野に懐中時計を手渡した。牧野は嬉し気に

「すまんな」

と礼を言い、大事そうに懐中時計を両手で抱え、自室に飛び込んだ。

翌日の朝である。牧野から部屋に呼ばれた番頭は、机の上を見て愕然(がくぜん)とした。懐中時計が見事にバラバラに分解されていたのだ。机の横には、分解に使ったのだろう、錐(きり)やら小さな鑿(のみ)やらが置かれてある。

「すまん。元に戻せんかった」

「いやはや、これは……。懐中時計のカラクリが一目瞭然ですな」

番頭はすぐに表情を戻すと、怒るどころかむしろ笑顔になって、牧野に優しく声を掛けた。

番頭は長年仕えて、牧野の驚くべき一面を熟知していたのだ。

近代的探求心。

物事の仕組み、性質、姿形の理由……。それらが分からないものを眼にすると、それらを知りたくて仕方がない。この懐中時計を見た時も、牧野のそんな心が激しく動いた。

番頭は、即座にそう理解できたのである。だから番頭は決して、牧野がただの悪戯心で〝壊した〟とは思わなかった。

「若旦那。なんも心配いらんですき。高知の舶来物を扱っとる店に持っていけば、元通りになりますろう」

牧野は、ほっとしたように、ようやく笑顔になった。

こんな環境で、牧野は育ったのだ。

時代が替わり、明治五年。牧野は十歳になった。この年、祖母は牧野を寺子屋に通わせた。

当時の寺子屋は江戸時代のそれをそのまま踏襲した場所で、読み書き算盤を教えるだけである。牧野はここでも頭角を現し、漢文の教材もすぐにスラスラ読めるようになった。だが、牧野にとって、ここでそれ以上に得た大きな収穫は「文字を書くということ」を覚えたことだ。

なんとなれば、文字を用いれば、さまざまなものの「名前」を表記できる。さまざまなものの名前を書くことによって、周囲に存在するもの一つ一つが、くっきりと、その存在を明確に示して迫ってくるような気がする。

「木はただ〝木として在る〟わけじゃない。杉、桑、檜（ひのき）……。それぞれの名前が違う。それぞれが、別々のもんじゃ」

牧野は、ここで万物を「人の眼によって分類し、名付ける」ということを悟ったのだ。

寺子屋に一年通ったあと、牧野は地元の塾に通い始めた。地元の領主（土佐藩の家老）がスポンサーとなっている塾で、伊藤蘭林（いとうらんりん）という儒学者が塾長である。

伊藤は優れた学者であるとともに鷹揚（おうよう）な人物だった。教え子たちに儒学だけではなく、西洋の科学も教えていた。

世は、明治となってから六年を数える。洋学は、江戸から遠い土佐にも、わずかながら広がりつつあった。

「おもしろい」

牧野は、洋学の講義に眼を輝かせた。それはまさしく「近代の学問」であり、牧野が幼少期から自ずと（おの）心に芽生えさせ培ってきた「近代的探求心」に、はっきりと応えてくれるものだったからだ。

もっとも伊藤はあくまでも儒学者なので、講義のメインは儒学であるし、伊藤自身、洋学の見識はさほど、ない。

「先生。もっと西洋の学問のほうを教えてつかあさい。儒学は、もう飽きましたき」

牧野はある時、伊藤に向かって、こんなふうにストレートに頼んだ。しかしながら、この態度は、露骨な〝儒学の全否定〟である。塾で最年少の牧野から、こんな頼みを言われるとは思いもしなかった。驚くより呆(あき)れ返った。

「この歳でこんな発想を持つとは、やはり町人の子じゃからかのう」

塾生の大半は、士族の子や青少年である。町人の出は、牧野を含めて二人しかいない。

伊藤は呆れながらも、こう答えた。

「じゃがのお。この土佐では西洋の書物も、めったに手に入らんし……。やはり西洋の学問を深く学ぶなら、『名教館(めいこうかん)』のほうが、まだ良かろう」

「名教館……ですか」

名教館は地元の土佐で、洋学も教えている。牧野はすぐに「名教館」に転校した。そこで、洋学を本格的に学ぶにはやはり江戸に出なければならぬ、と確信した。

明治維新後まもなく、江戸は政府によって「東京府」と名をあらためている。けれど江戸時代人の当時の大人たちは「東京」という名称に馴染(なじ)めていない。牧野もまた、「東京」よりは「江戸」という呼び名のほうがしっくり来るのだ。

明治五年。政府は、近代的な学校制度を始めた。

全国の子女は、建て前上は平等に教育を受けることになる。領主がスポンサーの名教館は、明治七年にそのまま「佐川小学校」となって、土佐の子供たちの初等教育の場となった。牧野も、小学校一年生からやり直しである。

江戸時代の日本の識字率は世界一であった。大抵の藩には、二流の儒学者や知識のある下級武士やらが糊口を凌ぐために私設の寺子屋を開いていたからだ。

とは言え、江戸時代に「義務教育」などという概念はなかったので、当時の子供の全てが読み書きを出来たわけではない。小学一年生の授業は「いろは」を教えるところから始まる。

「まいったな……」

名教館で最年少にしてトップクラスの成績だった牧野にとっては、とっくの昔にマスターしている初等教育を受け直さなければならない。十二歳の牧野は辟易した。だが、それでも当初は牧野が真面目に小学校に通っていたのには、一つの大きな理由があった。

学校の廊下に、植物図の大きな掛け図が掲げられたのだ。文部省が発行し、全国の小学校に配布された。

合計五枚。細密な描写にカラー印刷がほどこされ、いくつもの植物が描かれている。花や葉は、無秩序に並べられてはいなくて、姿形によって分類され、それぞれに名が書き込まれている。

第二図には、果実類と瓜科(うりか)類。第三図には穀物類や根菜類……。

当時の一般的な日本人は、これまで周囲の植物を、漠然と「草花と野菜、それに米」ぐらいにしか判別していなかった。このような「植物の細かな観察と、それに基づく命名と分類」という発想自体がなかった。

それだけに、この掛け図にさほどの興味を持たない児童も多く、大抵の子供は一度チラと見るだけで、通り過ぎてしまう。

だが、牧野は違った。

この掛け図を初めて見た途端、身体に稲妻が走るような衝撃が、走った。

それは、まさしく牧野が心に宿し続けていた「観察と分析という近代的探求心」が生んだ、すばらしく完成度の高い具体的結実、探究の結晶だったからである。

「これじゃ！　これが、わしのやりたかったことなんじゃ！　わしは、こういうものを目指したかったんじゃ」

牧野は小学校に通学し続けた。退屈な授業を聴き、休み時間になるたびに教場から飛び出して掛け図の前に立った。そして食い入るように、あるいは嘗(な)めるように、掛け図を飽かず見つめ続けた。

元来が牧野は、植物に囲まれて暮らしてきた。家を出て少し歩けば、田畑が広がり、あるいは駆け回るに絶好の広々とした草原がある。社(やしろ)の境内にはうっそうと木々が生え、見上げれば陽を隠すほどの葉が茂っている。その根元には、さまざまな茸が顔を出す。河原に行けば、そこにしかない草花がある……。

　掛け図を眺めながら、牧野は独り考える。

「茸と花は、どうにも違うモンじゃと思っとったが、やはり違う仲間だったんか。米は土の上に生えとる実を食うけんど、大根は土の中に埋まっとるところを食う。同じ食える植物でも、食うところが違う。これまた、仲間が違うんじゃ」

　牧野は、この掛け図でカテゴライズされている植物の図を目の当りにして、誰に教えられるでもなく「植物分類学」の概念を、くっきりと理解したのだ。

「わしも、これをやりたい。一つ一つ植物の特徴を観分けて、名前を知って、仲間分けする。きっと、こんなおもしろいことはない」

　牧野は掛け図を見るたび、学校の廊下で一人、興奮の感を抑えられなかった。

　そして、掛け図の内容をすっかり頭に叩き込んだ牧野は、ここで一つの壮大な計画を思いつく。

「わしは、掛け図に描かれてない草木も、ずいぶん見ちょる。そいつらは、きっと江戸……いや、東京にはない植物なんじゃ。

だったら、わしがやる。ここに描かれてない土佐の植物を、わしが調べ尽くして、全て仲間分けして図にするんじゃ。

る」

東京の偉い植物の学者たちに『土佐の植物なら牧野富太郎に聞け』と、言わせちゃ

なんとも、誇大妄想とさえ言える壮大な願望である。

もっとも、誰でも人は時として、そんな妄想を抱く。大事なのは、それをおのれの限界までとことん追い尽くす地道な努力と根性である。果たして牧野にはそれがあった。

さらに牧野には、ごくふつうの人間にはない〝三つの大きな武器〟があった。

ひとつは、彼の人柄である。幼い頃から「叱られる」ということのなかった彼は、人を嫌悪したり憎んだりする心が、まったくないままに育った。結果、誰にでも人懐っこく、心底からの善意を相手に示した。だから誰からも好かれ、協力者が自然と彼の周囲に現れた。

もう一つは、才能である。牧野には、類希(たぐいまれ)な「画才」があったのだ。この才は周囲はおろか、当人さえその時まで気づいていなかった。しかしのちに、植物図を描こうとした際、自分でもビックリするほど自在に手が動く。スラスラと紙の上を筆が走り、すばらしい完成度の植物図が仕上がる。

植物に素人の画工を雇ったとて、それほど精密な植物図を描くことはかなわない。この才能は、植物学者が研究成果を形にするうえで圧倒的に有利だったのだ。

そして最後は、言うまでもない、圧倒的な財力である。五代続く造り酒屋の大店に貯(たくわ)

えられていた財産は、まともな一人の学者が研究費を賄うには、十分過ぎるほどのものだった。牧野は名目上とは言え、この時点で店の主人だから、それを自由に使える。もちろん店を実質的に仕切っている祖母の許可は必要である。だが前述どおり、祖母は牧野を溺愛していたので、牧野の要求を拒むことなどないのは、端（はな）から分かっていた。

　こうして「植物学者の道」を進む決心をした牧野は、興奮のうちに家へ帰るなり、祖母の前に正座した。

　祖母は、いつになく眼をキラキラ輝かせ、興奮で頬を赤らめた孫の姿を見て、「何かあるな」と察し、それでも落ち着いて孫が口を開くのを待った。

「お祖母（ばあ）様。わしは小学校を辞めます」

「……ほお」

　祖母は別段驚かなかった。

　学校制度は、この頃まだまだ「名目上のもの」と言ってもよい程度で、子供の通学を政府は厳しく指導していない。学校へ通わない子供、通えない子供がいるなら、そのまま放りっぱなしである。

　ただ、小学校を卒業しなければ当然、上の学校へは進めない。中学校も予備門（大学の付属高校のような教育施設）も、そして大学へ進む道も絶たれるのだ。

　しかし祖母は、そんなことは全く気にしていなかった。

寺子屋と伊藤塾、名教館から受けた教育で、この利発な孫はすでに、商人としては十分過ぎる、と言うより不要なくらいの高い教養を身に付けている。ましてや、商人が商いをするのに高学歴など、必要ない。学問に飽きたと言うなら、それも結構。あとは「岸屋」の六代目主人として修業に邁進（まいしん）してもらい、行く行くは、自分の眼鏡にかなう娘を嫁に取らせよう。そうなれば「岸屋」はこれからも安泰で、自分も安心して夫や息子のところに行ける。――と。

祖母は、穏やかに答えた。

「富太郎や。おまえは優秀な子だ。学校なんぞ行かんでも、立派に『岸屋』の六代目主人になれる。何の心配も要らんで」

「いや、わしは酒屋にはならん。植物学者になるんじゃ」

「なに？　……ショク……ブツ？」

「草木を調べる学問じゃ」

「おまえ……。何を言っとるんじゃ」

祖母は、ここで初めて驚愕（きょうがく）の色を示した。

が、孫の希望に満ちた顔を見ると、無下に反対は出来なかった。

「ま、まあ。しばらくは好きなことを、しとったらええ。まだ十三じゃからの。あわてることはないき」

祖母は、自分に言い聞かせるようにつぶやいた。驚きの気持ちは、まだ癒えない。だが牧野は、祖母の言葉を聞くや立ち上がり、

「お祖母様。ありがとうございます！」

と弾む声で答えるが早いか、草履を引っかけるのももどかしく、外へ走り去った。

向かったのは、学校の友人の家である。そこの父親が漢方医で、漢方薬に使う植物をまとめた資料がある。

「ごめんつかあさい！　『岸屋』の息子で牧野富太郎いうモンです。先生にお願いがござって、まかり越しました」

――と、その学友に教えられていたのだ。

「なんじゃ？　『岸屋』のせがれ？　そういうたら、息子から聞いとる。学校の同窓の子おやの。本草学（ほんぞうがく）の書物を見たいらしいの」

東洋医学は、植物を薬の材料とする。それら植物をまとめて解説した学問を本草学という。

「はい。貴重な書物いうのは重々承知です。そこをお願いしたいのですが、見せていただけないでしょうか」

「ふーむ。酒屋のせがれが漢方医学をのお……」

この人物はじつに捌（さば）けた人だった。奥の部屋に入ると、数冊の書物を風呂敷に包んで持ってきてくれた。

「今のわしには、さほど手元に置いておく必要のないものじゃて。持って帰って、ゆるりと読むがいい。なんじゃったら写本しても、構わんぞ」

牧野には望外の喜びだった。

「心より御礼申します。大切に扱いますき」

本草学は、牧野の目指す「近代科学としての植物学」とは、だいぶ違う。早い話、薬草の説明に過ぎない。それでも、植物学を学ぶにあたって、小学校の掛け図しか知識の拠り所がない当時の牧野にとっては、貴重な資料なのだ。

それからというもの牧野は、借り受けたこの資料（『本草綱目啓蒙』という）を、読み耽り、写し続けた。別に図鑑ではないから、図はほとんどない。しかし「植物についての知識の書物」というだけで、牧野はページを繰るのにワクワクした。

外出日和の日は、野山を駆けて植物採集である。着物が泥だらけになるのも構わず、目に付いた植物を、丁寧に丁寧に、根っ子の端まで掘り起こす。この採集作業で、牧野は初めて、植物の種類の多いことを痛感した。

「わしの家の周りだけでも、これほどの植物があるンか。土佐の植物を皆、集めようとしたら、大変なことになるぜよ」

だが牧野は、呆然としたり、あきらめかけたりなどは、まるでしなかった。むしろ、自分の野望の大きさを理解し、かえってやる気を漲らせた。

「やるぜよ。これぞ、土佐男の一世一代の仕事にふさわしいモンじゃき」

『本草綱目啓蒙』は、全四十八巻である。だが借りられたのは、その一部にしか過ぎない。貸してくれた医者も、それしか持っていなかったのだ。

「お祖母様。『本草綱目啓蒙』全巻を、どうか買ってくだされ。わしの学問にはどうあっても必要なんですき」

元もと裕福な漢方医くらいしか持っていない代物だから、発行部数も少ないし、その点も含めて、当然ベラボウに高価なものである。多少の資産家の子供でも、こんな頼みは、やはり躊躇するだろう。

だが、そこは土佐で一、二を争う造り酒屋「岸屋」のことだ。祖母は、孫のねだるものが何かもよく分からず、ただ

「まぁ、博打(ばくち)や女遊びを覚えたわけでもなし。学問の書物なら、そのくらい、よかろう」

と、ポンと全巻取り寄せてくれた。それは『本草綱目啓蒙』を重訂再版した『重訂本草綱目啓蒙』であった。

けれど、後々から考えるに、これは少々マズかった。なんとなれば、牧野はこの経験で「『岸屋』の財力なら、学問上欲しいものや必要な費用は、いくらでも出してもらえる」と、なんとも都合のいい発想が、アタマの中で固まってしまったからだ。

このの ち、牧野はヨーロッパの植物学書が翻訳されたと知るや、すぐに取り寄せた。そして、見様見真似（みようみまね）で、ひたすら植物標本を造り続けた。同時に、採集した植物は何か、その正体を知るヒントはないかと、手元に集めたわずかな、とは言え、土佐ではふつう考えられないくらいの量の書物を読み耽り、調べ尽くした。

そんな十代を送ったのだ。

壽衛に出会うまで、あと十年ほどである。

第二章　東京へ

明治十四年。牧野、十九歳。

もうとっくに、嫁を取り「岸屋」の主人として生業に精を出していなければいけない歳である。

だが祖母が、その話を持ち出すたびに、

「わしは、嫁など取らん。店も継がん」

とアッサリ答える。その答が、感情的になるでもなく反発心を示すでもなく、ごく日常的な平穏な返事っぷりで、祖母としては、かえって「取り付く島もない」と、独りため息を吐（つ）くばかりである。

店の経営も、番頭以下、丁稚（でっち）にいたるまで皆実直に働いてくれているので、すっかり安定している。これでは「店が危ないから」などという説得もできない。この頃は、もう祖母も半ばあきらめかけていた。

そんなある日、牧野はいきなり
「お祖母様。わしを東京に行かせてくれ」

と言い出した。

いよいよ植物学とやらのために土佐を出ていくのか……。

祖母が不安げに理由を聞くと、この時期、東京で「第二回内国勧業博覧会」という大規模な自然科学の産業技術の展示博覧会が開かれているので、それを見学に行きたい。

——という牧野の返事である。

「それじゃあ、そのナントカ会とやらを見たら、土佐に帰ってくるんかい」

「え。そりゃあ、そうじゃ」

祖母はほっと安堵し、喜んで許可した。とにかく孫が〝永遠に手元からいなくなるわけではない〟というだけで、嬉しかったのである。なんとも「切なくも、いじらしい祖母心」であった。

祖母は、先代の番頭の息子と、ふだん帳場で算盤をはじいている若い者を、牧野の旅行に同伴させることとした。となれば当然、旅費は三人分である。高知から東京へ行くとなれば、当時最新テクノロジーの蒸気船と汽車を乗り継がねばならない。旅費だけでも、とてつもない金額だ。しかし、祖母はそのほかに、さらに大金を牧野に持たせせた。

店の者や地元の友人、知人に見送られ、牧野は嬉々(きき)として高知から蒸気船に乗った。

船が神戸に着くと、汽車で京都まで。そこからは東海道を、四日市まで徒歩である。ところが、この徒歩行が難儀した。十代に野山を駆け巡っていた牧野のことだから体力には何の問題もない。しかし、進む道々、土佐で見たことのない植物が道端に生えているや、目敏くそれを見つけて座り込み、観察、写生、そして持ち合わせてきた古新聞に、これまた丁寧に挟んで鞄に仕舞い込む。そんな作業を、下手をすると数歩歩くごとに立ち止まって行うのだ。

葉の裏やら根の毛根やらをじっくり見ながら

「ううん。やはり顕微鏡が要るのお」

と、牧野は毎度のごとくつぶやく。

「若旦那。急がんと、道中で陽が暮れてしまいますき」

「うん。もう少しじゃ。ちくと待っとれ」

お付の二人は、時間の経過が気が気でない。だが牧野は平然としたもので、納得するまでは動かない。二人とも牧野のそんなところはすっかり分かっているので、一度だけ催促して、あとは黙って待つだけである。

そんなこんなで、ようやく四日市に着いた。そこからは、また蒸気船で横浜へ。そして横浜から汽車に乗って、ついに東京の玄関口である新橋駅に到着である（東京駅の竣工は、大正三年）。

三人は、知人の伝で借りた神田の下宿に着いた。旅の疲れでグッタリしているお供をよそに、牧野は元気いっぱいで

「さあ、博覧会に行くぜよ。会場の上野はすぐそばじゃきに」

と、大はしゃぎである。

近代自然科学の進んでいるヨーロッパでは、常設の植物館や動物館がある。この博覧会はそれらを模したもので、植物館には日本中から集められた植物が展示されている。

「ふうむ。日本には、まだまだわしが知らぬ植物が、大層あるろう。いや、これだけやない。まだ発見されとらん植物もきっと、たんとあるはずじゃ」

牧野は数日間、毎日足繁く植物館に通いつめた。ヨーロッパ式の本格的な植物標本も、しげしげと観察し、正しい標本造りのノウハウも得た。

「さあ。次に行くぜよ」

心行くまで植物館を見学したあとは、博覧会の外にある出店で団子などをパクついたり、飯屋の暖簾をくぐったりして遅めの昼食を取り、腹ごしらえをする。お供の二人は二、三日の植物館通いですっかり飽き飽きしていたので、この昼食だけが楽しみである。

牧野の「次」というのは、神田の書店巡りだ。当時すでに多くの書店がひしめき合うように並んでいて、牧野はそれらの店を毎日、片っ端から廻っていた。

神田は元もと江戸時代から「学問の街」である。書店には、どこでも輸入物の学術書

が棚に並んでいる。

「ごめんつかあさい。書物を買いに来ました」

「へえ。どんなものをお探しで」

書店員は、地方出丸出しの三人連れを見て、多少怪訝(けげん)な、そして軽くあしらうような顔をした。地元への土産に錦絵でも買いに来た〝場違いの客〟だろう、と思うのである。初めて暖簾をくぐる店では、いつものことだ。

もっとも牧野は善意の塊のような男で他人の悪意など感じないから、そんな店員の眼はまるで気にしない。棚を一通り見て廻り植物学の書物を見つけるや、すぐに棚から取り出す。それも何冊も、である。ある時などは
「ここの棚に並んどるモン皆、買います」

と、事も無げに言って、店員を驚かせた。

輸入書にしろ翻訳書にしろ、いずれも高価な代物ばかりである。会計係として付いてきた「岸屋」のお供は、懐中のカネが見る見る減っていくのが気が気でない。とは言え、牧野の祖母が預けてくれたカネはとてつもない額だったので、払い切れないということはなかった。

こうして三人は、山のような書物を背負い込んで書店街から下宿先への帰路に就くことを、何日も続けた。

「おう。これは……。おい、これも買うぞ」

ある時、牧野が目を付けたのは、高級輸入品の雑貨店に飾られていた顕微鏡であった。これまたドイツ製の高価なものだ。牧野は値札も見ずに、店頭へ品を持っていく。お供はあわてて牧野を追いかけ、支払いをする。そして、いつものように懐中を覗いて小さなため息を吐いた。

数日経つと下宿部屋は、道中からずっと集め続けた植物と買い込んだ夥しい書物でいっぱいとなり、三人は身を寄せ合って寝なければならないようになった。平気でいるのは、牧野だけである。

牧野は、この東京旅行のあいだ、じつに精力的に動いた。子供の頃から伸び伸び育てられ、人見知りや物怖じとは全く無縁の牧野のことである。東京の著名な植物学者を、いきなり訪問したのだ。

向かった先は「博物局」である。小学校時代に衝撃を受けた、あの「植物図」を実際に製作した自然科学の研究施設だ。

「ごめんつかあさい。わしは土佐から来た牧野富太郎いう者です。こちらの先生にお会いしとうて参りました」

「ほう。土佐人か。ちょっと待っとれ」

当時の役場はどこも幕末の倒幕派の息がかかっていて、しかも、土佐となれば明治維新の一翼を担った主流藩の一つだから、案内人は大した疑いも持たず、わりと気軽に研究室に案内してくれた。

そこにいたのは、スーツ姿に蝶ネクタイの立派な紳士である。

「土佐からお出で、だとか。当局の見学をお求めですかな。私は当局の責任者で、田中芳男という者ですが……」

田中芳男！

あの「植物図」の監修者である。図の下段にその名があったことを、牧野ははっきりと覚えている。

「田中先生でありますか！　私は子供の時分、先生の監修された植物図を見て強く触発され、植物学を学び続けてきた者です。本日もこちらの先生に植物学の一端でもお教えいただきたく参りましたが、まさか田中先生に直接お会いできるとは望外の喜びです」

「ほう。土佐で植物学を」

「はい。今は土佐に生育する植物全ての目録を作るため、地元で採集と研究に勤しんでおります」

田中は眼を丸くした。

ろくな資料も指導者もいないであろう遠い土佐で、これほど壮大な計画を持つ若き植物学者のタマゴがいたとは……。

「これは、私の描き貯めてまいりました植物の写生です。お目汚しでしょうが、ご覧いただけますでしょうか」

牧野は、持参した何枚かの植物写生を、机に広げた。田中は眼を見張った。

なんという緻密で正確な写生か。しかも、植物学上で重要とされる部分を的確に写し出している。

この若者は本物だ。

「牧野君。土佐に帰ってからも、聞きたいことがあったら遠慮なく書状を送ってきたまえ。こちらも、出来る限りの返書を送ろう」

こうして牧野は、初の東京で多くの収穫を得た。殊に田中芳男の知遇を得たことは、牧野の植物学への情熱を、より激しく燃やさせた。

「いったん土佐へ帰るぜよ！」

二人のお供は、ほっと息を吐いた。

しかし、さすがは祖母が目付けとして牧野に同行させた二人である。とっさに牧野の「いったん」という言葉が気にかかり、心に不安の暗雲をよぎらせた。

「おう。よう帰った」

祖母は、戻った牧野を見るなり、顔をくしゃくしゃにし、涙さえにじませて喜んだ。

「江戸は、どやった。もう満足したかえ」

あれだけカネを与え、思いっきり贅沢に東京を堪能させたのだ。もう孫も、心残りはなかろう。あとは商いの修業に励んでくれるだろう……。――と、祖母は信じていた。

だが、その期待は外れた。

「お祖母様。このたびは快く東京に送り出していただき、ありがとうございました。やはり東京はすばらしい。学びたいことが、まだまだございますき」

「おまえ、そりゃあいったいどういう……」

「近い将来、また東京へ行きます。植物学の偉い先生にも会えました。やはり学問をするなら、東京です」

牧野の眼は真剣そのものである。口をぎゅっと結んだその顔は、壮絶な決意を感じさせる。

祖母はがっくりと肩を落とした。

「岸屋」の暖簾を孫に託すのは、もはや絶望的だ。それどころか、自分のこの歳では、曽孫(ひまご)の顔を見ることさえかなうまい。――と。

それでも孫への深い愛情は変わらない。

「もう、おまえの好きなようにしたらええ。わしは、ここでずっと、おまえの元気なんを祈っちょるき。身体だけは大切にせえよ」

祖母は弱々しく笑顔を見せた。牧野は

「はい！　お祖母様のご恩は生涯忘れませんき。お祖母様のご期待に沿えるよう、この富太郎、精進いたします」

牧野はここで深々と頭を下げた。他人の心の裏を読むことなど知らぬ純な若者である。祖母の真意を推し量るより、その言葉をそのまま受けとめた。

帰郷の翌日から、牧野はひたすら研究に没頭した。東京で買った書物は、船便で実家へ送らせた。それらが届くや、夜は行灯（あんどん）の明かりの下でひたすら読み耽り、ノートを取る。昼間は三日にあげず植物採集に走り、帰るや井戸でひたすら植物をきれいに洗って、顕微鏡で隅々まで観察し写生する。そして標本造りに時を費やす。

頑健な身体を支えるため食事だけはしっかり取るが、あとは寝る間も惜しんで研究を続ける。

「早く東京に行かねば。そのためには土佐の植物を、しっかり調べ尽くさねば」

牧野の学習ぶりは、鬼気迫るものさえあった。一方で祖母は店の者たちへ

「店の仕事をせんでも、何をしとっても、富太郎は『岸屋』の主人じゃ。そのこと、くれぐれも忘れんように」

と、自分にも言い聞かせるごとく言い含めた。店の人間は皆、祖母が心の苦しみをじっと耐えていることを承知しているから

「へえ。大女将のおっしゃるとおりに」

と、半ば祖母を哀れみながら頭を下げる。

こうして三年が過ぎた。

「それじゃあ、行ってきますき」

明治十七年。牧野、二十二歳。

二度目の上京である。そして、故郷を捨て東京に骨を埋める覚悟での上京である。

祖母は牧野の挨拶の時、初めて牧野に涙を見せた。牧野は驚いた。てっきり、祖母が自分の東京行きを祝福してくれていると思い込んでいたからである。

「これが今生の別れかのう」

牧野はあわてて祖母を気遣うように言うと、それを最後に土佐をあとにした。

「お祖母様。何も泣くことはないき。土佐にも時折は戻る。生涯会えんわけじゃない」

牧野の目指す目的地は、ただ一つである。

東京大学理学部・植物学教室。

東京大学の別館にある〝日本植物学のメッカ〟である。日本中から植物学を志す有能な学生たちが集い、日本屈指の植物学指導者の下で日々研究に勤しんでいる。そこに収められている植物学の資料の質と量は、世界にも通じる。無論、牧野が集めた資料などの比ではない。

「皆、予備門から大学へ進んだ最高学歴の連中じゃ。小学校二年中退のわしなんぞ、洟(はな)も引っかけてくれんかも知れん。じゃが、わしにはわしなりに学んできたもんがある。決して負けん。どうあっても、『植物学教室』の戸をこじ開けてみせる」

牧野は、ここへの出入りの許可を土下座をしてでも得て、東京での研究拠点にしたいと願っていたのだ。

飯田町の下宿に入った牧野は早速、これまで描き貯めてきた植物の写生図と、どうしても名前の分からなかった植物の標本を抱え、悲壮といってもいいほどの強い覚悟で、植物学教室を訪れた。

「たとえ門前払いを喰(く)らっても、ひたすら粘るだけじゃ。土佐っぽの気力を見せちゃるきに」

ところが、である。

牧野が「植物学教室」を訪ねると、拍子抜けするほどあっさりと、教室へ通してもらえた。そして教室の〝ドン〟とでも呼べる日本植物学の最高権威・矢田部良吉(やたべりょうきち)教授の研究室に案内してもらえた。

矢田部良吉。明治三年に米国へ渡り、その翌年には植物学を学んだ。そして明治十年には、大学初の植物学教授となった男である。まさしく「近代日本植物学」のパイオニアであった。

「ほお。君が牧野富太郎君か。私が矢田部だ」

矢田部は牧野の名を、すでに知っていた。

「田中君から聞いとるよ。土佐で独り、植物学を学んどるそうだね」

「は、はい。土佐の植物の目録を作っちょります」

「たいしたものだね。私はかつて、中浜万次郎（なかはままんじろう）先生の教えを受けていてね。土佐人の豪胆さは、よく心得とるよ」

「え。ジョンマン先生に、でありますか」

中浜万次郎。江戸時代末期、若き漁師として漂流事故に遭ったのちアメリカ船に助けられ、長年にわたって海外で学び帰国した。それからは、幕府専属の通訳として幕末日本の近代化に貢献した人物である。地元では「ジョンマン」という通り名で、深く尊敬されている。

矢田部は、その中浜に学んだ経歴から土佐人に大きな好意を寄せていた。牧野が簡単に矢田部に会うことが出来たのは、そのへんの背景もある。

牧野の植物写生図や標本の出来は、矢田部も眼を見張るものだった。さらに、従来の人懐っこさから牧野は矢田部とすぐに打ち解け、次々と植物の質問をした。牧野はあきらかに興奮していた。対して矢田部は、この若き植物学者の実力を、冷静に見極めた。

「君ほどの人材が、どうして大学に進まなかったのかね」

矢田部は、牧野の写生図をしげしげと見つめながら、不思議そうに問うた。

「私は、小学校を十四の歳に下等一級（二年生）で中退して以来、正規の学校教育は受けておりません。受験の資格を持っておらなかったのです」

牧野にとっては、恥ずかしいことでも悔いることでもない。堂々と答えた。

「なるほど。市井の学者というわけか。確かに、徳川の時代には優れた市井の学者も数多くいた。だが、明治の世となってからは、近代学問の研究場所は、この大学こそが唯一無二の機関なのだ」

「では、私はどうすればよろしいのでしょう」

牧野は期待と不安の入り混じった気持ちで矢田部を、すがるような眼で見つめた。

「よろしい、牧野君。特別に君に、この植物学教室の出入りを許可しよう。ここにある資料も標本も、好きなように使ってよい。質問があれば、いつでも受けよう。今後はここで学びたまえ」

その瞬間、牧野は声も出なかった。天にも昇る気持ちだった。なんたる幸福！

「ありがたく存じます！　ぜひとも通わせていただきます」

その翌日から牧野は、植物学教室に通い始めた。とは言っても学生になったわけではないから、講義を受けたり試験を受けたりする義務も権利もない。ひたすら研究室に入り浸って、山のような植物学の書籍を読み耽り、膨大な植物標本を見、好きな時間に植物採集に出かけては、採ってきた植物の名を調べて写生する。

「ここでなら、土佐はおろか日本中の植物を調べて目録を作れる。まさしく土佐っぽの男一匹、取り組むに値する大事業だ」


牧野の研究は、植物学の中でも「植物分類学」である。

元もと彼が植物学にのめり込むきっかけとなったのが、小学校時代に出会った植物図の掛け図であった。あの図は、ごく大雑把ながら「植物の仲間分け」すなわち分類であり、牧野は「植物を分類する」という概念をそこで悟った。そして大いに魅惑された。

植物の分類は、それ一つ一つの特徴から共通した部分と個別の部分について整理され、「植物界・○○門・○○綱・○○目・○○科」というように区別される。そして、そのうえで俗名のほかに万国共通の名前すなわち「学名」が付けられる。たとえば、単に「キク」といっても、キク科の植物は全世界で二万にも分けられ、それぞれ厳密にカテゴライズされている。

すなわち植物分類学では、植物一つが学名を得るまでには、それに類似する植物まで徹底的に調べ、比較しなければならない。おそろしく地道で手間のかかる研究なのである。

「おもしろい」

だが牧野は、その膨大にして地道な手間ひまが、楽しくて仕方がないのだ。

なお、学名はラテン語を基本とした固有なもので、その植物の第一発見者が命名の権利を持つ。しかし、当時の日本の植物学はそこまで徹底された分類研究のレベルにはない。独自に発見した植物も、おもに海外の著名な植物学者に鑑定してもらい、そこで初めて新種と断定されてから、その海外学者に学名を付けてもらっていた。

「この日本国の植物は、日本人が学名を付けるのが筋じゃ。わしは自分で新種を確定して自分で学名を付けるんじゃ」

矢田部さえ〝恐れ多くて〟やっていないことである。だが牧野は、そこまでやってのけようと情熱を燃やしていた。まず間違いなく、彼は当時の日本植物学界の中で、もっとも「野心的な」男であったろう。

植物学教室に通い始めた牧野は、もう一つ大きな収穫を得た。植物学教室に学ぶ学生たちとの友情である。

学歴もない、大学とは何の縁もない自分が、この植物学教室に出入りすれば、エリートたる他の学生たちからは、蔑みの眼を向けられ、邪魔もの扱いされるだろう。——と、牧野は覚悟していた。

ところが、学生たちは、初めこそ好奇の眼を向けていたものの、牧野の真摯な学究の姿と、なにより植物学にひたすら真正面から向き合う純粋さに魅(ひ)かれ、牧野にたいへんな好意を寄せるようになった。

こうなると、学生たちと牧野は、ほぼ同世代である。お互い気の置けない仲となった。そして青春を謳歌(おうか)する若者らしく、植物学についてはもちろん、さまざまな会話に花を咲かせるようになった。

この頃に牧野と知己になった学生と言えば、田中延次郎(たなかのぶじろう)、岡村金太郎(おかむらきんたろう)、三好学(みよしまなぶ)、そして池野成一郎(せいいちろう)……。いずれも将来に植物学のトップクラスの研究者として名を馳(は)せ、日本の植物学を背負って立つ者たちである。

おもしろいのは、これだけ錚々(そうそう)たるメンバーがいる中で、牧野と同じ植物分類学をやる者がいなかったことだ。裏を返せば、植物分類学はそれだけ、泥くさくて地味で、エリート学生たちがおいそれと手を出しづらかったジャンルであったということである。

彼らは、日暮れとなって植物学教室の門が閉まると、そのまま牧野の下宿になだれ込む。皆、同じ道を進む同志だから話は尽きない。

牧野の下宿は、作りかけの植物標本が山と積まれているので、土の匂いでむせ返っている。が、元より彼らは、ふだんから土に慣れ親しんでいるから、ほとんど気にしない。彼らのあいだでは、牧野の下宿を「たぬきの巣」と呼んで、何かと言えばその名を持ち出し、皆でケラケラと笑い合っていた。

もっとも、牧野は実家が造り酒屋でありながらアルコールが体質に合わなくて、酒は一滴も呑めない。自然、集まりの席にも酒はなく、皆で菓子を食いながら茶をすすり、楽しく話をした。

菓子代のスポンサーは、いつも牧野である。牧野は、実家に頼めばいくらでもカネを送ってもらえるので、当時は砂糖が高価でまだまだ安くなかった菓子を、たんと買い込んでくる。ほかの者は皆、そのご相伴に与るというわけだ。

「しかし、まことに牧野君の植物写生図は、すばらしい。海外の植物の書物にも、これほど微細で正確な図は、そうはない。これを埋もれさせておくのは、なんとも惜しい」

「たぬきの巣」にもっとも足繁く通って、牧野と殊のほか気の合っていた池野は、牧野の写生図を眺めるたびにこう強く訴えた。池野は英語はもちろんフランス語やドイツ語にも堪能な語学の天才でもある。

「だが、具体的にどうすればいい？」

三好が聞く。三好は、この中でも、もっとも植物の種類を多く知っている英才だ。

とは言え、皆の心の中はすでに一致していた。

「我ら日本植物学の学徒で、日本植物学の図譜を作るんだ。いや、図譜だけでは足りん。それぞれの研究成果を論文として持ち寄り、立派な書物とする。

かつて徳川の時代、中津藩の前野良沢は西洋医学を日本語の冊子として作り上げ、広く我が国に西洋医学を知らしめた。

我らも、いつまでも〝カビの生えた本草学〟にデカい顔をさせていては、いかん。海外の植物学界に『日本国の植物学、ここにあり』と、書物で示すんだ」

前野良沢の出した西洋医学書とは、言うまでもなく、安永三年に刊行された『解体新書』である。これは当時、同じ医者仲間の杉田玄白がおもな著者扱いとなっていたが、近代に入ってからは、実質の著者が前野良沢であることが知られている。

彼らのこの想いは、じつは牧野の写生図を知る前から、ずっとくすぶっているものであった。

矢田部教授は、海外への遠慮からか自信がないゆえか、日本植物学の成果について大々的に発表する学術誌を、いまだ作ろうとしていない。矢田部の取り巻きである助教授や助手たちにも、矢田部にこれを進言する者はいなかった。ある意味で矢田部は、優れた研究者であるとともに小心者なのだ。

大いに気炎を揚げた学生たちであったが、さすがに矢田部に無許可で勝手に学会誌を出すわけにはいかない。そこで牧野を筆頭に、有志の者が集って矢田部の所へ談判することとなった。

「矢田部先生。本日は特にお願いがあって、まかり越しました」

「何かね。藪から棒に」

牧野たちは、これからは日本の植物学を広く知らしめるためには是非とも学会誌が必要であり、我ら若き学究の徒が、それを為すべきだ。——と熱弁した。

「ふむ。なほどな」

矢田部は、牧野たちの迫るような懇願を黙って聞いていた。が、意外にもスンナリとこれを快諾したのである。

「じつは、わしも、そろそろ学会の機関誌を出してもよいか、と考えていたのだ。しかしながら、いろいろと思索するところもあるし、公務もあって、なかなか踏み出せなかった。学生諸君がそれをやろうというのなら、植物学教室としても吝かではない」

「本当ですか！　ありがとうございます！」

こうなると若い者たちのこと、動きが速い。それぞれが、それぞれのそれまでの研究成果をまとめるべく、原稿の執筆に入る。無論、牧野も例外ではない。牧野の原稿は「日本産ひるむしろ属」というタイトルだった。ちなみに「ヒルムシロ」とは浮葉性の水草だ。

だが牧野には、一つ気がかりがあった。

自分の描いた植物写生図は、どのように印刷されるのか。

地方出の牧野としては、印刷と言えば、すぐ思いつくのは、従来からある木版である。

しかし牧野の繊細な図を、そのとおりに正しく木版に彫り上げられるだけの腕を持つ彫り師が、果たして存在するのだろうか。

「君は、良い彫り師を知っているのか」

牧野が三好に聞くと、三好はちょっと驚いたような顔をした。

「牧野君は、旧態依然とした木版で機関誌を刷るつもりだったのかね。これは石版印刷で刷るのだよ」

石版印刷は十八世紀にドイツで発明された印刷技術である。特殊な石の版に直接、筆記具で文字や図を書くと、その部分だけが油に反応するようになる。そうして作り上げた石版に、油性のインクを塗り付けて紙に写し取る。そうすることで、石版に書いたものがそのとおりに印刷できる。つまりは、直接描いた図柄が、そのまま印刷できるのだ。

「これは、いい」

牧野は、印刷された紙面を見つめて、大いに感動した。自分のイメージどおりに美しい図柄が、紙の上に浮き出ている。

こうして、植物学教室の若き先鋭たちによって、日本初の近代植物学の論文集は完成した。

『植物学雑誌』第一巻第一号。

発行は明治二十年二月。牧野、二十五歳の年である。

「やったぞ」

若者たちはページを繰りながら、感慨に耽った。これからはドシドシ論文を、この誌面で発表していくのだ。——と。

その中で独(ひと)り、牧野はさらに上を考えていた。

「石版印刷はすばらしい。この技術があれば念願の、日本中に生息する植物を網羅した植物分類学の書籍が、作れる」

牧野は、石版印刷という機械技術に、たいへんな魅力を感じた。

まさしく牧野の「近代的科学の心」が、植物学とは別のもう一つの道を見出(みいだ)したのだ。

ところがこの年、牧野の心を打ちのめす事件が発生する。

「こちら牧野さんのお宅ですか」

やってきたのは逓信局(ていしんきょく)の局員である。

「電報です」

「ご苦労様です」

牧野が、何だろうと電報の紙を開くと、そこにはこう書いてあった。

「ソボ、シス」

牧野は一瞬、その文面の意味が分からなかった。めまいがした。

「祖母、死す」

　これまでずっと牧野を支えてくれていた祖母が亡くなったのだ。

「お祖母様。お祖母様……」

独り小さく繰り返して声に出した。すぐにも、故郷の土佐・佐川へ帰らねばならない。

　いまさら急いで帰ったとて、祖母の死に間に合わぬのは言うまでもない。けれど、それでも牧野は、一刻も早く帰らねば、と心焦らせた。

　すぐに支度をして、下宿の主人に

「土佐に帰りますき」

とだけ告げると、人力車に乗って新橋駅に向かう。鉄道と汽船を乗り継いで佐川へ。

そして岸屋の戸を開いた。

「帰った」

靴を脱ぐのももどかしく、急くように一言告げると、座敷に一直線に向かう。出迎えた番頭は、ただ

「若旦那様。ようお帰りで」

と、悲壮な顔で迎え入れ、小走りに牧野のあとを追った。

　仏壇には、真新しい位牌があった。

「お弔いは済ませました。佐川中のモンが集まってお見送り申しました」

「そうか……」

牧野は一筋、涙をこぼした。

「私は、とんだ祖母不孝者だ」

岸屋の主人の立場を捨てて上京したことには、一片の悔いもない。けれどそれでも「祖母を裏切った」という心情的な後悔は、胸から消し去りようもない。

「いいえ、若旦那様。そんなことは、ございませんき！」

横に正座していた番頭は、力強くきっぱりと、こう言った。

「大女将は、最後の最後までおっしゃっちょりました。『富太郎は必ずや、草花の学問で偉う大学者になる。代々商いしかやってこんかったこの岸屋から、この明治の御代に大学者が生まれるんじゃ。こんな名誉なことはない』と」

「お祖母様がそんなことを」

信じてくれていたのだ。

分かってくれていたのだ。

牧野はいまさらながら、祖母への感謝の念で胸が詰まった。そして「必ず祖母の期待に応える」と、手を合わせながら熱い決心を燃え滾らせた。

このあと牧野家先祖代々の墓参りを済ませ、すぐに東京へ戻ることにした。店中の者が皆集って、見送りをした。番頭は

「若旦那。お身体だけには、お気をつけて。どうぞお気張りくださいまし」

と、それだけ言うと深々と頭を下げた。

「うん。店を頼むぜよ」

牧野は少しだけ笑みを浮かべて、岸屋をあとにした。しかし、番頭に笑みは少しもなかった。

「これで五代続いた『岸屋』もおしまいじゃ」

と、牧野の背を見送りながら小さくつぶやいた。


この頃、牧野は海外の植物学者に知己を得ていた。

マキシモヴィッチ。

親日派のロシアの植物学者である。牧野が生まれた年には来日していて、日本の新種植物を数多く発見、発表していた。日本国内の植物学者は誰もが、彼を尊敬していた。新種らしき植物を発見すると、標本をロシアに送り鑑定してもらうのが、当時の日本の植物学者の常であった。そして、それを新種と確認したマキシモヴィッチが、学名を付けた。

牧野も、かつて発見した新種と思(おぼ)しき植物の標本をマキシモヴィッチに送ったことがある。ベンケイソウ科の植物である。多年草で草原に多く自生し、漢方医学では薬品調合の材料として広く使われていた。そして、これがまさしく新種だった。

マキシモヴィッチはこれに「セダムマキノイ」と学名を付けた。発見者の牧野に敬意を表し「マキノ」という語を入れてくれたのである。牧野の喜びようは相当なものだった。

マキシモヴィッチは日本植物に関する著書も出版していたが、そこに載せられている植物図は見事なもので、牧野は何よりその植物図に魅せられていた。いや、ライバル心を抱いていた。

「マキシモヴィッチ先生の著書に載せられているもの以上の植物図を描いて、それを書籍にするんだ。そのための印刷技術に、石版印刷は打って付けだ」

だが石版印刷には相当のカネが掛かることは『植物学雑誌』の発行で、痛感している。

その経費は、植物学教室もそれなりのバックアップをしてくれたので何とか賄えた。が、さすがに牧野一人で出す書物の印刷経費は、自分だけで何とかせねばならない。

これまで高価な書籍やら採集道具やらを購入するため、その都度、岸屋に送金を頼んで、湯水のごとく実家の財産を使ってきた。だが、それでも書籍一冊分の石版印刷の費用を準備するとなると、これまで使ってきたカネとは桁が違う。

が、ここで「坊っちゃん育ち」の牧野のこと。とてつもない発想をする。

「いちいち印刷屋に注文していたら、カネがいくらあっても足りない。だったら、自分の手で印刷すれば、いい。石版印刷の機材一式を手に入れて、自分が印刷技術をマスターすれば、自分の思うように印刷ができる。植物誌の発行は、生涯の事業だ。長い眼で見れば、そのほうが安上がりになるだろう」

なんとも思い切った決意である。

そして、この決意が牧野と壽衛の出会いを導くのだ。

第三章　牧野富太郎の恋

「ごめんつかあさい。ごめんつかあさい」

神田の印刷工場に向かった牧野は、ひたすら入り口で声をかけた。中では、職人たちが額の汗を首に巻いた手拭いで拭いながら、一心不乱に印刷作業に没頭している。誰もが、チラと一瞥(いちべつ)したきり牧野に見向きもしない。

一見してインテリめいた若造が、こんな職人現場に何しに来た。——と、牧野は不興を買ってしまったのである。

牧野も、歓迎されていない雰囲気を察してか、あまり強気に出られない。それでも、ただ立っているわけにもいかないので、

「ごめんつかあさい。ごめんつかあさい」

と、入り口で繰り返した。

すると、ようやくして一人の中年男性が

「はい、はい。何かご入り用で?」

と、やはり額の汗を拭いながら、奥のほうからやってきた。職人の誰かが牧野のことを伝えてくれたらしい。

「私、工場長の太田と申します」

表情は明らかに営業用の作り笑顔だ。けれど、人の良さそうな男であることが、にじみ出ている。

一方、牧野のほうは、若者が手ぶらで独り、どう見ても注文の客には見えない。それだけに、太田は気さくに声を掛けてくれたのだ。

「私、牧野富太郎と申します。あの……ここで働かせていただきたいのです」

牧野は、ここでチャンスを逃すまい、と早口で捲し立てた。

「ああ。職工のご志望ですか。ですが残念ながら、うちは人手が間に合っていましてな。どうぞ、ほかをお探しください」

太田はそうそうに背を向けて、奥に戻ろうとした。

「違います!　職工になりたいわけではないのです」

あわてて牧野が引き留める。

「え?　そりゃあ、どういうことで」

太田は脚を止めた。

「私は、帝大理科大学で、植物を学んでいる者です」

当時、日本唯一の大学であった学校は明治十九年の「帝国大学令」により「帝国大学」と改称された。以降は「帝大」の略称で親しまれた。

また、当時の帝国大学では「学部」という概念から変わり、研究のジャンルによって、同じ敷地内に半ば独立した大学を制定した。そして、文科大、法科大、理科大……などと、それぞれに分かれていた。

「へえ。ショク……ブツ。てぇと、草木や花なんかのことで?」

太田は多少の興味を見せてくれた。牧野は、ここぞとばかりに、早口で話し始める。

「そうです。草木や花。それに稲や麦。野菜、水菓子(果物を当時はこう呼んでいた)。木ノ実やワカメ、コンブ。そうした、この世に生い茂っているものの正体を研究する学問です。人が生きていくには、なくてはならないものです」

「はあ、確かにそうですなぁ。けんど……」

太田は訝(いぶか)しげに聞いた。

「それと、私ども印刷屋と、どんな関係が?」

牧野は、ここぞとばかりに、勢いづく。

「そこです! この大切な学問の研究成果を、世に広く知らしめるためには、それらをまとめた書物が必要なのです。植物の姿形を正確に写し取った図の入った書物が。

その書物を刷るには、石版印刷が打って付けなのです。私はそのために、自ら石版印刷の技術を身に付けたいのです」

太田もようやく、段々と牧野の考えが分かってきた。

「それでは、職工になりたいわけでは、ないのですな。ただ、石版印刷の術（すべ）を学びたい……と、そういったわけですな」

「はい！」

太田はちょっと考えてから、ゆっくり答えた。

「しかし、ですな。その書物の印刷を、牧野さん……でしたっけか。牧野さんがご自身の手でなさるとなると、それを本来、注文いただくはずの私どもとしては、みすみすお客様を逃してしまうわけですな。『客泥棒』と言っては聞こえは悪いが、牧野さんに印刷屋の手ほどきをしても、私どもには何の得もないどころか、先々損になりますな」

ここで、牧野はグッと喉を詰まらせた。確かに、太田の言うとおりである。

けれど、太田はここで話をやめようとは、しなかった。牧野の出方を見ている。この若き学究の徒が「利害関係で動くのが当たり前の世の中」に対して、どう出るのか。太田は興味を持ったのだ。

「太田さん！」

牧野は、いきなり大声を挙げた。

「おっしゃることは、ごもっともです。ですが、私は何としても植物についてまとめ上げた書物を出したい。それが果たして売れるかどうか……。確かに売り上げは、印刷代にもならぬかも知れません。ですが、だからこそ私が自らの手で作りたい。損得の問題ではありません。『日本国の植物学ここにあり』と、日本中に、世界中に広く伝えることは、カネには替えられぬ大きな価値ではありませんか。そうは、思いませんか。

ですが、私には原稿を書くことはできても、印刷を注文できるだけの大金はありません。だから、自らの手で刷りたいのです！」

太田は、あきれるより「はは〜ん」と、得心した。

損得の問題ではない、とは、こいつはとんだ〝お坊っちゃん〟だ。しかも、理科大に通っていながら、学校の教授連越しにそんな大層な書物を、独りで作ろうとは。どうにも、とんだ世間知らずだ。

よくよく見れば、着ている服もかなり上等だ。こいつは、勘当された資産家の息子か何かに、違いない。

「ふふふ」

太田は、独り含み笑いをすると

「ようがす。石版印刷、うちでお教えしやしょう。お好きな時に、いらっしゃいまし。

うちの職工どもにも牧野さんのことを伝えときやす。ですが、給金は払えませんぜ。『損得抜き』のお仕事なんでござんしょう」

太田が、ちょっとイジワルに一言添えると、牧野は怯(ひる)むどころか
「もちろんです！　お給金など一銭も要りません。お教えいただけるからには、出来るだけのお手伝いも、目一杯させていただきます」

と、喜び爆発の顔で答えた。

太田は、牧野が好きになった。


それからというもの、牧野は太田の印刷工場に通いつめた。

牧野は正直に、自分が小学校中退であること、帝大の助手でも学生でもないこと、矢田部教授から個人的に帝大に出入りを許されているだけのこと、そうした事情を話した。

太田が、職工たちにそれをそのまま伝えると、

「小学校中退……て。なんじゃ、わしらと同じか」

「いや。わしは小学校を出とるぞ」

と、笑い合い、かえって牧野を歓迎してくれた。〝帝大の学生様〟が工場をウロチョロするのは不快だが、自分らと同じ学歴となれば、牧野への親近感もわく。牧野も、持ち前の人懐っこさと真面目さで、たちまち職工仲間と仲良くなった。

「いいか、先生。石版は壊れやすい。面倒でも一枚一枚、別々に運ぶんじゃ」

「おーい、先生。紙の束ぁ、持ってきてくれ。二千枚。おっと、先生の細腕じゃあ無理かの」

「いえ、そんなことありません。すぐに……と、お、こいつは重い」

「無理すな。少しずつ運びゃあ、いい。腰じゃ。腰で運ぶんじゃ」

「あ。なるほど」

牧野は職工たちに石版印刷の技術を教えてもらいながら、工場の手伝いを続けた。帝大に出入りしている牧野は、皆から親しみとからかいを込めて「先生」と渾名(あだな)されていた。

もっとも、昼間はもっぱら、植物採集と研究室にこもっての植物研究に勤しむ日々だから、工場に来るのは夕方近くからである。牧野は、持ち前の大らかさと明るさで、周りを明るくする。植物学教室の面々もそうだが、職工たちは牧野が工場にやってくるのを、邪魔に思うどころか、むしろ楽しみにしていた。

当時の照明はガスランプ程度なので、深夜までは作業は続けられない。夕方には仕事も終わる。牧野が工場に居られるのも、ほんの数時間である。それでも牧野は、インクと埃(ほこり)塗れになりながら、少しの時も惜しんで石版印刷技術の習得に努めた。

研究と肉体労働の「二足の草鞋(わらじ)」なので、帰る道々腹が減る。腹がグーと鳴る。が、下宿では夕食が出されるので、帰りに食事を済ますわけにもいかない。

「なんぞ、軽い食い物が夕餉の前に欲しいのお」

工場出入りの当初、そう思いながら歩いていた牧野は、果たして見つけたのだ。

菓子屋である。

酒の呑めない牧野は、子供の時分からずっと甘党だ。

「こいつは、いい」

口の中は、もう団子や饅頭の味覚を欲して甘くなっている。急いで店に向かうと、まさしく店の娘が暖簾を下げようとしているところだった。

「ちょっ、ちょっと待っておくれゼヨ。菓子を、菓子を、欲しいんじゃ」

小走りにやってきた男から、娘はふいに声を掛けられて一瞬驚いた。が、暖簾を抱えたまますぐに向き直り、落ち着いた様子で
「いらっしゃいまし。何をお望みで」

と、見事な笑顔で牧野を迎えた。度胸の据わった娘である。

埃っぽい白シャツに、インクの染みの数々。

「ああ。先にある印刷工場の職工さんね」

と、娘は察した。

「どうぞ、お店の中へ」

「店仕舞いしとるとこ、済まんの」

店内のランプは、まだ消していない。ランプの光に照らされ、売れ残りの菓子が、牧野には魅惑の輝きに見える。

「蜜の団子を四本と、あとは……大福餅を二つ」

こうなると、夕食前だろうがどうだろうが関係ない。ただ、一刻も早く菓子に食いつきたい。

「すでに、少し固くなっておりましてよ」

娘は正直に答えた。

「大丈夫です。歯は頑丈ですき」

娘はクスリと笑うと、手早く菓子を包む。

「どうもありがとうございます」

菓子の包みを受け取った牧野は、子供がはしゃぐように
「おう。また来るぜよ」

と答えた。

「あら、それは嬉しく存じます。どうぞ、これからもご贔屓に」

「お、おう。では、また」

若い娘との会話など、久しぶりである。牧野は何か胸に弾むものを感じながら、家路

を急いだ。

下宿に帰ると、すぐさま包みを開いて、大福にかじりついた。確かに固い。が、牧野は

「旨い！」

と、独り大声を挙げた。そして残りの菓子も、たちまち平らげた。

やがて、下宿の女将さんが夕食の膳を運んでくる。牧野は、さすがに腹が菓子で満ちていたが、これもすっかり平らげた。

腹と胸が、すっかり満ち足りたようで、牧野は幸福な気分に浸った。畳の上に仰向け（あおむけ）になって「うーん」と、身体を伸ばす。手足に作りかけの植物標本の古新聞が当たるが、そんなことは気にしない。

天井を見ていると、娘の笑顔が天井に浮かんでチラチラする。それが嬉しくて何度もアタマで反芻（はんすう）した。

「明日も行こう」

牧野は独り、つぶやいた。

「先生。今日は何やら嬉しそうですのう。帝大で偉い先生に誉（ほ）められでもしなすったか」

翌日。職工たちは、ふだん以上に上機嫌で石版印刷に取りかかっている牧野を見て、不思議そうに声を掛けた。

「いえ。特別何かがあったわけでもありません」

「まあ、何にしろ先生の機嫌がいいのは、いいこっちゃ。こっちも楽しくなるでよ」

その日も当然のごとく、牧野は帰りに菓子を買い込んで下宿に戻った。そんな日が何日も続いた。

そして、ある日。

「そうだ。今日は娘さんをビックリさせて、大いに喜ばしてやろう。山ほど、いや、店にありったけの菓子を買ってやるんだ」

と、顕微鏡を覗きながら、ふいに思いついた。そして、研究室の仲間に
「おい、皆。今日は僕がご馳走するから、夜に『たぬきの巣』に集まってくれんか」

と、快活な声で触れ回った。

何しろ食べ盛りの若者たちのことだし、牧野が裕福なのは皆、心得ているから
「なんだ、牧野君。上等の牛鍋でも奢ってくれるのかね」

とワクワクした声で聞く。牧野は楽しげに
「それは、来てのお楽しみ、ということで」

とあやふやな返事をして、独り悪戯っぽく笑った。

その日の夜、仲間が訪れると……。

何と、畳一杯、敷いた紙の上に山ほどの菓子が積まれている。饅頭、大福、団子、さらには、包みにあふれんばかりの花林糖やら煎餅。

「さあ。食してくれたまえ」

「おいおい。こいつは、どういうことかね」

皆は戸惑いながらも、それぞれに菓子を頬張った。

「土佐から送られてきたものでもあるまいし……。牧野君、どこからか贈答を受けたのか。それとも、自ら買ってきたのか」

「うん、買った。人力車を雇って、車夫と一緒に運んだのだ」

「ふむ。確かに旨い菓子だ。それにしても、この量は常軌を逸しているな」

池野がつぶやくと、

「そう言いながら、君、もう大福と饅頭で七つ目だぜ」

と、岡村金太郎がからかうように言う。牧野も団子を頬張りながらご満悦である。

「この菓子の味……。近所にある、あの店のものか」

饅頭を食べながら、三好が問いかける。牧野はちょっとドキリとしたが、

「うん。そうだ」

と素直に答えた。

「僕も、時折そこで菓子を買う。あの店には、美しい看板娘がいたな。菓子屋に似つかわしくないような、上品な娘だった」

それを聞いた皆は

「ははーん。なるほど」

と、誰もが得心顔で、牧野のほうを一斉に見た。

「牧野君。君、ひょっとしてその菓子屋の娘に惚れたのか？」

池野が聞くと、牧野は顔を赤らめて

「うん。そうなんだ」

と答えた。牧野は正直者である。

皆、牧野の真面目な人間性はよく分かっているから、それ以上にからかったりはしない。その日は、山のような菓子を平らげて解散した。

とは言え、牧野の植物学に対する情熱は少しも冷めるものではない。そのあともひたすら、研究と石版印刷工場通いの日々が続いた。

菓子屋通いも相変わらずだった。とは言え、牧野と店の娘、二人のあいだに、これといった進展もなかった。

石版印刷をある程度マスターできた牧野は、いよいよ自分の研究成果を書籍にしたくて、しかたなくなった。

「それにしても、成果が足りない。日本全国の植物を網羅するには、まだまだ研究を続けるしかない」

牧野は、下宿で山と積まれた植物標本を眺めながらも、ため息を吐く。

「いや、待てよ」

牧野は、フッと閃(ひらめ)いた。

「何も、いきなり完全な植物図譜の大著を出すことは、ないじゃないか。研究と出版は同時にしてもよいことだ。

研究の完成したものからまとめて、それを第一冊とする。それから第二冊、第三冊と順に出していけばいい」

こうなると、一刻も早く第一冊を出そうと、牧野は奮闘した。具体的な目標が見えたのである。これまで以上に力が入る。

「まずは、第一冊に載せる植物の選定だ。完全なものを作る前の書だから、研究の具体的な説明は嚙(か)み砕いたものにしよう。それよりも、植物図をしっかりと載せよう。そのほうが、読者も取っ付きやすいだろう」

こうして明治二十一年十一月。

『牧野富太郎著・日本植物志図篇』

ついに完成を見た。

自ら描いた図を、自ら石版印刷したものである。出版費用も全て自分持ちであった。

「先生！　不遜ながら私の研究成果の一端をまとめました。お目通し願えますでしょうか」

牧野は、教授連や先輩たちに『日本植物志図篇、第一巻』を配って回った。殊のほか喜んでくれたのは、かつて初めて上京した折、世話になった博物局の田中である。

「牧野君。すばらしい功績を上げたね。あの土佐から出てきた若者が、これほどの者になるとは」

もちろん、ほかの先輩の植物学者たちも、大いに賛辞を送った。

これを見た植物学者たち誰もが感動したのは、紙面を彩る牧野の植物写生図である。花の「花柱」や「がく」、茎の形と折れ曲がり具合、根の「根毛」に至るまで、どこまでも緻密に、正確に、美しく描かれている。牧野の卓越した画力と、それを余すことなく示し得た高い技術の石版印刷が、このすばらしい図の完成を成し遂げたのだ。

「牧野君、おめでとう」

仲間たちも、大いに祝福してくれた。

「ほお。これはエラいもんじゃのう。印刷も見事じゃ」

牧野は、印刷工場の面々にもこの書を見せた。皆が、印刷の出来映えを誉めてくれた。

牧野は、周囲の全てに祝福されているような気がして、感謝と喜びで胸を弾ませた。

しかし、である。唯(ただ)独り、この牧野の成功を喜ばぬ者がいた。

そして、「たぬきの巣」の、とある夕暮れ。

いつものように菓子を携えて帰ってきた牧野を下宿で待っていたのは、親友の池野である。

二人は饅頭を頬張りながら、ひとしきり研究の話をした。話が一段落着いたところで、池野が口を開いた。

「牧野君。君の植物学者としての道は前途洋々だろう。それはさておき、菓子屋の娘とは、どうなんだ」

「うん……」

牧野は沈痛な面持ちである。進展は、まるでないのだ。

「嫁に、もらいたいのか」

池野は、努めて優しげな声で聞いた。

「うん」

「そこまで、思い詰めとったか。だが、君は大店の旦那様だ。その立場となれば、故郷に許嫁(いいなずけ)がおるのではないか」

確かに、常識的に考えればそうである。

「いや。許嫁はおらん。お祖母様に、血縁のある娘と一緒になれと言われたが、断った。決して悪い娘ではなかったけんど、あの頃の僕は、植物しか眼に入っていなかったから」

「ふむ。では、その点で煩わしくなる心配はないか……。けど、君は仮にも大店の主人の立場だし、あの菓子屋の家も何かいわく有り気だ。ただの町人の出では、ないかも知れぬ」

「なんだ、君。あの菓子屋のこと何か知っとるのか」

「いや。一、二度覗いただけだ。言ってみれば僕の勘だ。

だが、そうなると、君とあの娘二人だけの問題ではなくなるぞ。少なくとも君の地位では、いきなり結婚を申し込むのは非常識に過ぎる。誰かあいだを取り持ってくれる仲人がおらんと……。まさか矢田部先生に頼むわけにも行くまいし」

「う、うん」

当時はまだ、それなりの地位のある者同士の結婚は、飽くまでも「家同士の取り決め」であって、それ相応の仲介者を立てるのが筋だった。

しばらく胡座（あぐら）をかいて腕を組み、考え込んでいた牧野であったが

「あ」

と、小さく声を出した。

「印刷工場の太田社長に頼んでみよう。あの人なら、この近辺の顔役だし、僕の面倒もよく見てくれている。人物も確かな人だ」

「ほお。それはいいじゃないか」

池野の心配が、思わぬ「瓢箪（ひょうたん）から駒」を呼んだ。

牧野は翌日の夕方、早速工場に直行すると

「社長。じつは折り入ってお願いがございます」

と、神妙な面持ちで太田に頭を下げた。意外の感に打たれた太田は

「どうしたんです、先生。藪から棒に」

と、牧野をしげしげ見つめた。

牧野は事の次第を詳しく話した。すると

「ほお。小沢さんとこの壽衛さんをねえ」

太田は、そうつぶやいた。

「あの娘さんは、壽衛さんという名なのですか。あのお宅は小沢さんとおっしゃるのですか」

「ええ、そうです。それにしても、さすがに先生、お目が高い。あの家は今でこそ小さな商いを営んでおりますが、元を正せば、立派な格式のお武家様ですぜ」

「え。武家の出なのですか」

牧野はここで、ちょっと怯んだ顔をした。

実際、地元の土佐では、武家の出の者と町人の出の者のあいだは、今でもはっきり線引きがされている。そして牧野は、子供時分にはそれが当然と思っていた。

「ははは。先生、ご心配は不要ですて。徳川様の世は、とっくに終わっとります。ましてや先生は、帝大でご活躍の植物学の先生でしょう。小沢さんもご不満はありますまい。明日にでも、私が話を付けてきますよ」

牧野は、太田の自信有り気な笑顔を見て、ようやく安心した。早くも、アタマの中で自分と壽衛が立ち並んでいる姿を彷彿（ほうふつ）とさせた。

「壽衛さん……か」

牧野は再び太田に頭を下げた。


「ほい。ご免なさいよ」

太田が昼のうちに、菓子屋に顔を出した。

「おや、太田さん。お珍しい。いつもお世話になっております」

声を聞いて、壽衛より先に母親の女将が奥から顔を出した。

「いや。じつは今日は、小沢さんに折り入って聞いてもらいたい話がありましてな。今、よろしいですかな」

「ご覧のとおり、今時分はいつも〝閑古鳥〟でございますよ。ぜひお上がりください」

太田は言われるがまま、靴を脱いで座敷に上がって、女将の前に正座した。背広姿で、少し窮屈そうである。

「ここのところずっと、細面で丸眼鏡の若者が、夕暮れ時に来ておりますでしょう」

「ああ。土佐の御方。やはり太田さんとこの職工さんでしたか」

「おや。そこまでご存じとは話が早い。いや、じつはですね、あの若者は確かにうちの工場で預かっておりますが、職工ではないのですよ」

「え」

女将の隣に正座していた壽衛のほうが先に、声を挙げた。

「あの方は、帝大の理科大学に通っている方でしてね。なんでも、ショク……ブツ学とかいう学問の偉い先生なのです」

「はあ、植物学とおっしゃると本草学のことですか」

「いえ、そうではないらしいです。明治になって西洋から入ってきた学問だそうで、草木を専門に調べるものだとか」

「そんな御方がなんで太田さんの工場で？」

「ええ。そこがあの方の豪気なところで。自分の研究を自分で書物にしたい、とわざわざ私のところへ印刷を学びに来てるんですよ。最近はすっかり良い腕になって、うちで本雇いしたいくらいなんですがね。なにせ、若くとも大変な学者さんですから。ああ、申し遅れました。彼の名は牧野富太郎と申します」

「はあ。それはご立派なことで……」

その牧野なる若者が、うちに何の用なのか。

女将も壽衛も、薄々気づいてきた。

「その大学者の牧野先生がですね、こちらの壽衛さんを見初めまして、ぜひ嫁にもらいたい。ついては私に仲を取り持ってもらいたい。——と。いかがです。職工ではなく帝大の学者さんとなれば、こちらの家格にも釣り合いましょう」

「……そうですね。そういう御方なら」

「それに、あの方は確かに土佐の出ですけんど、地元で有数の造り酒屋の主人というんですよ。経済のうえでも、何らご心配ないでしょう。いかがですかな。ご一考願えませんかな」

壽衛は黙っていたが、頬を赤く染めて、いかにも嬉しそうである。壽衛としては、牧野が職工だろうが貧しかろうが、そんなことはどうでもいい。いつも、はにかみながらも明るく楽しげに菓子を買っていってくれる牧野を、すでに心から好いている。

女将も壽衛の気持ちは分かっているので

「では、このお話、ありがたくお受けいたします。壽衛。それでいいのよね」

と、壽衛のほうを向いた。壽衛は黙ったままコクリと頷(うなず)いた。太田は大いに安堵したようで

「いやあ。こんなにトントン拍子に話がまとまるとは思いませんでしたわい。もちろん仲人は私ら夫婦が引き受けます。

女将さん。牧野先生は本当に心が真(ま)っ直(す)ぐで、学問に熱心な、気分の良い好青年ですよ。私が請け合います。必ずやお嬢様を大切になさるでしょう」

女将としては「帝大の学者」という点が、もっともピンポイントで納得できたところだ。元彦根藩重臣の亡き夫も、あの世で納得してくれるだろう、と思った。ただ、地元の大店の主人という点が、逆にひっかかった。

「そういえば、店に来る時のあの方は、いつも山ほど菓子を買っていってくれるわね。うちとしては、ご贔屓なのは結構だけど、あの放蕩(ほうとう)ぶりは、やはり〝お坊っちゃん育ち〟だったからなのね。学問にはおカネが掛かるとはいうし、土佐に財産があるとは言え、それがいつまで持つのやら」

女将は心の中で独り考え、一抹の不安を過(よぎ)らせた。

「え！　本当ですかっ。本当に本当ですか」

　その日の夕刻。昼間は珍しく気も漫ろで研究にも手が付かなかった牧野は、理科大を出るなり、大急ぎで工場に駆けつけた。そして、待っていた太田から報告を受けるや、大興奮で太田に詰め寄った。

「本当ですとも。先方さんも先生のことをお気に入りのようで。あとは、祝言の日取りを決めるだけですよ」

「ばんざーい。ばんざーい」

　牧野は思わず大声を挙げ、両腕を目一杯に伸ばした。職工たちが驚き、牧野のそばにワラワラと集まってくる。

「皆に話しても、よろしゅうございますか？」

「はいっ。もちろん」

　太田から話を聞いた職工たちは

「ほお。それはめでたい」

　と異口同音に、祝福した。

「それにしても、先生が菓子屋の看板娘をのお」

「あの看板娘、愛想が良いわりに、どこか堅苦しい様子もあって妙に取っ付きづらかったが……。そうか、お武家の娘じゃったか」

　皆がワイワイとやっていると、それを他所(よそ)に牧野は
「今日はこれで上がらしてもらって、よろしいですか」

　と、太田に、なおも詰め寄る。

「あ、はいはい。どうぞお帰りを」

「では、失礼いたします」

　言うが早いか牧野は工場を飛び出し、走っていく。そして、菓子屋へ。

「失礼いたします！　牧野富太郎です」

「ええっ。何と気の早い」

　母娘は、驚くやら呆れるやらであったが
「いらっしゃいまし。とにかく奥へ」

　と、牧野を招き入れた。

「このたびは、娘さんを嫁にいただけること、ご了承いただき、まことにありがとうございます」

　牧野は神妙な面持ち……と思いきや、子供のように喜びを爆発させんばかりの、これ以上ないといった笑顔だった。

「いえ、こちらこそ。牧野先生のようなご立派な方に、ふつつかな娘をお見初めいただ

き、母娘ともども、とてもありがたく存じております」

「いえ。僕は立派な男などではありません。第一、帝大の助教授でも助手でも、まして学生でもありません」

「はあっ。それはいったい、どういう……」

女将は声を詰まらせた。太田に体よく騙されたか、と思った。

一方、壽衞のほうは全く動じていなかった。

牧野は、これまでの事の顛末を正直に話した。すると女将は、むしろ牧野を頼もしく思えた。

「土佐から独り東京へ出てきて、帝大の教授様にいきなり認められ、大学の出入りを許されるとは……。なんとたくましい。それに、よほどの学識をお持ちの方のようだ」

牧野はそのあとも、植物学のこと、太田の工場で学んでいる石版印刷のこと、果ては学友たちのことから、自分の下宿が「たぬきの巣」と呼ばれていることまで、立て続けに話をした。

元来、人懐っこいうえに、牧野はたいへんな話巧者なのである。母娘は、時には真剣に耳を傾け、時には声を出して笑い、牧野の話を飽きることなく聞き続けた。

「牧野先生。本当に楽しい時間をありがとうございました。娘を末永くお願い申します」

これではキリがない、と女将は適当なところで牧野を黙らせた。世慣れたものである。

「あ。もうこんな夜更けですか。これは、長居してしまいました。では、正式のご挨拶はのちほどに」

牧野は靴を履いてから

「あ。それと饅頭を四つください」

と、後付けの体で注文した。壽衛はクスクス笑いながら店に下りると、品物を包み、牧野に手渡した。その時、二人の手が触れ合ったが、壽衛は顔色一つ変えなかった。牧野のほうが顔を赤らめて、しどろもどろに

「では、またのちほど」

と、足早に店をあとにした。

「牧野先生……か。あの御方、大物になるよ」

母親の評に壽衛は

「そうですか」

とだけ言って、忙しく店仕舞いの支度をする。壽衛はそのあいだ、ずっと笑顔だった。

牧野と壽衛の祝言は、太田の工場の二階で執り行なわれた。襖(ふすま)を全て外して、大広間のようにしたが、それでも祝いの客は寿司詰め状態だった。

地元の神社で式を済ませたあと、二人は二人乗りの人力車に運ばれて、太田の工場に着く。誰もが拍手で出迎え

「牧野君。おめでとう！」

と、植物学教室の仲間たちが大声で祝福した。職工たちもこざっぱりした服装で、祝言に顔を出した。中には、祭りの半被を引っかけている者もいる。当人としては紋付袴の代わりのつもりだろう。

皆が楽しげに杯を傾ける。祝いの剣舞を舞う学生やら、おどけたひょっとこ踊りを踊る職工、地元の祝い歌で自慢の喉を披露する者やらで、祝言は始終、笑顔に包まれた。

牧野と壽衛は、顔を見合わせるたびに明るく笑った。壽衛の母も太田も、感無量だった。

こうして二人の祝言は、滞りなく終わった。

ただ、最後の最後まで、案内状を送ったのに来ないグループが二つあった。

一つは、植物学教室の矢田部教授と、その取り巻きの教授、助教授連である。

もうひとつは、牧野の実家である「岸屋」の面々である。

牧野は少し気にかかった。が、とにかくその日は幸福感でいっぱいだった。

第四章　理不尽な通告

こうして明治二十一年。牧野と壽衛は、二人の暮らしを始めた。牧野、二十六歳。壽衛、十五歳である。年齢的にも、明治の当時としては似合いの夫婦である。

牧野は下宿を引き払って根岸に一軒家を借りた。

「『たぬきの巣』から『愛の巣』へ移ったんだ。壽衛。ここから二人の生活の始まりだよ」

牧野は照れもせず、冗談めかした言い方でもなく、心底真面目な顔で壽衛を見つめて、こう言った。「愛の巣」とは、恥ずかしげもなく、よくも堂々と言えたものである。だが、そんな純なところが牧野らしい。壽衛も、そんな牧野を好いていたから、笑顔で素直に頷いた。

ただし、二人は正式な婚姻届はまだ出していない。当時は江戸時代風の習慣がまだ残っていて、世間一般では役場への婚姻の届け出など、それほど重視されていなかった。

二人が〝書類上〟の正式な夫婦になるのは、二年後の明治二十三年である。

しかしながら、根岸の新居の家賃（当時は敷金や礼金の習慣はない。これらが不動産賃貸に取り入れられるようになるのは、昭和二十年以降の戦後から）も、引っ越しの手伝いに雇った人足や大八車の代金も、わずかながら買い求めた新居の新しい家具も、牧野に貯えがあるわけでなし、壽衛の実家の菓子屋にそんな余裕があるわけでなし、全ては「岸屋」の支払いである。

なにしろ牧野は、個人として帝大に出入りさせてもらっているだけだから、学費を払う必要のない代わりに、いくら植物学研究室の仕事を手伝ったとて給金がもらえるわけではない。露骨に言ってしまえば「無職無収入」なのだ。

牧野は、東京に出てからも、高価な研究書を毎月のように大量に買い続け、個人で石版印刷機まで買った。これら全ての請求書は「岸屋」宛てに届く。

こうした請求書が送られてくるたびに「岸屋」の帳場では、そこに書かれている数字に眼を丸くし、ため息を吐く。それでも牧野は、飽くまでも「岸屋」の主人である。亡き祖母の「富太郎の好きにさせてやれ」という遺言もあるし、「岸屋」の番頭は愚直なほど律儀に、黙ってそれらの支払いをし続けた。

牧野としては、井戸の水が涸（か）れるなど想像も出来ないのと同じように「岸屋」からは無尽蔵にカネを出してもらえる、と思っていたのである。

二人の新生活の中で、壽衛は献身的に牧野に尽くした。それが牧野に対する純粋な愛情からだと、牧野は確信していた。だから、経済的な問題はさておいて、二人はしばらくは幸せで余裕のある暮らしが出来た。牧野は、何の憂いもなく、ますます植物学の研究に没頭した。

翌・明治二十二年。

牧野は、大発見をする。

牧野は前々から研究を続けていた植物を、ついに新種だと確信し、これを発表した。小さな変わった花をつける植物である。牧野はこれの和名を「ヤマトグサ」と名付け、学名を「テリゴヌムヤポニカ」とした。

日本の新種植物を日本人学者が発見し、学会に発表して、自ら名を付ける。こうした例は、それまでなかった。まさしく牧野の大快挙だった。

「牧野君。たいへんすばらしいことをやり遂げたね。まさしく君は、我が国でも希有(けう)の大植物学者だよ」

池野が、わざわざ祝いのため、訪ねてきた。

「ありがとう。君にそう言ってもらえると本当に嬉しい」

この頃、池野は、大学から大学院に進んで、助教授になるのも時間の問題だった。世間的な地位で言えば、牧野のはるか上の存在である。それでも二人の深い友情は、全く変わることはなかった。

壽衛は、池野から、牧野の快挙が日本で初めてのいかに優れたものかを、説明された。学歴はなくとも利発な娘である。すぐにその意味と価値を理解した。

「旦那様。本当におめでとうございます」

壽衛は、満面の笑みで祝いの言葉を述べた。その日、上機嫌の牧野は高級料亭から仕出しを注文し、三人で祝いの宴会を開いた。もっとも、相変わらずその席に酒は、なしである。

その頃の牧野は、じつに幸福だった。

帝大理科大の植物学教室で夜遅くまで研究を続けてクタクタになって帰っても、根岸の家に着けば、温かなランプの灯がともり、壽衛の笑顔が待っている。二人で差し向かいに夕餉を取り、そのあとは牧野が、その日のことを事細かに話して聞かせる。壽衛は嫌な顔一つせず、どころか、いつまでも楽しそうに、その話を聞く。

「毎日、話し相手がいてくれるというのは、本当に良いものだな」

牧野はつくづくそう感じ、壽衛に感謝した。

牧野は、勢いづいていた。

さらにその翌年。明治二十三年五月。

相も変わらず、牧野は植物採集に勤しんでいた。その日の目的はヤナギの実である。

「ちょうど良い所があるぞ」

池野に教えられ、江戸川の土手、その近辺の用水池に向かう。その周囲には、ヤナギが生い茂っている。

「こいつは、いい」

牧野はヤナギを思う様、採集して大満足だった。「さて、帰ろう」と思って、あらためて用水池を見ると、池の中に水草が生息している。牧野がこれまで見たことのない水草だ。

「なんだ、これは。もしや新種か。いや、そんな馬鹿な。そうそう簡単にポンポン新種が見つかるわけもないか」

牧野はその水草も採集し、持ち帰った。だが、自宅の研究書のページをいくら繰っても、正体が分からない。

そこで牧野は、植物学教室にその水草を持参し、矢田部教授に教えを請うた。

「先生。このような水草を江戸川近くの用水池で見つけたのですが、これは何でしょう」

牧野はてっきり「ああ、それはな……」と、矢田部があっさり教えてくれるものと思い込んでいた。なにしろ、発見場所は江戸川土手の用水池。なんともありふれた場所である。

「なんだ、なんだ」

「牧野君。何を持ってきたんだね」

教室の若い学生や助手連も興味津々でワイワイと、矢田部の大机の周りに集まってくる。

「確かに見たことのない水草だな。先生。こいつは何ですか」

若い連中も無邪気に、矢田部に食いつくようにして聞く。彼らに囲まれ、矢田部は独り、口をへの字に曲げて腕を組み、黙りこくっている。額には、汗がにじんでいる。

矢田部は分からなかったのだ。

植物学教室の〝ドン〟であり、植物学を志す若者たちからは「日本植物学の神」とまで崇(あが)められている矢田部である。それが「分からない」では、プライドが許さない。

しかし、どこかで見た覚えが、おぼろげながらある。

矢田部はいきなりガタンと椅子を蹴るようにして立ち上がると、小走りに書棚に向かった。そうして一番上の棚にある古い文献を必死に取ろうとする。爪先立ちで腕をいっぱいに伸ばし、身体を震わせながら文献に手をかけようとする後ろ姿は、滑稽でさえあった。牧野も学生たちも、その異様な矢田部の姿を、声も出さず見つめるばかりだ。

ようやく指を引っかけるようにして文献を引っ張り出した矢田部は、大急ぎで机に戻るや一言も発せず、懸命に、いや、焦るがごとくしてページを繰り続けた。その手の動きは気ぜわしく、貴重な資料を大切に扱うふだんの矢田部とは、似ても似つかない。

やがて矢田部は

「これだ！」

と大声で叫んだ。

果たしてそのページには、牧野が持ち込んだ水草の図があった。

新種ではなかった。海外ではその研究は古く、あのダーウィンの残した資料にも載っている。きわめて珍しい食虫植物である。

だが、これまでに発見された場所は、ヨーロッパやオーストラリア、インドくらいである。この北東アジアで発見された記録は、ない。

「この日本にも、あったのか……」

矢田部は呆然と、そして沈痛な声でつぶやいた。

事の次第を知った植物学教室の若者たちは

「牧野君。大発見だよ」

「おめでとう。ヤマトグサに続く大快挙だ」

と、口々に牧野への祝辞を述べた。牧野も嬉しそうに頭をかいた。

ただ独り、矢田部だけは黙ったまま眉間に皺を寄せて、座り込んでいた。

それからというもの牧野は、用水池に通っては、その水草を念入りに写生した。さらに、採集して持ち帰っては、よりていねいに観察する。辛抱強く研究を続けているうち、その水草が小さな花を咲かせることも見出した。

「虫を喰う獰猛な植物のくせに、ずいぶんと可憐な花を咲かせるものだな」

牧野は今更のように、植物の不思議さやおもしろさを強く実感して、ひたすら研究を続けた。

そして、その水草の一生を調べ切り、綿密な写生図とともに、植物学会に発表した。ヨーロッパでも、この水草の花まで確認した植物学者はいなかったのである。

牧野はこの水草に「ムジナモ」という和名を付けた。

なまじヨーロッパで古くから知られているだけに、牧野の「ムジナモ」研究の精密さは、世界から大賛辞を受けた。あのロシアのマキシモヴィッチからも

「マキノ君は、ヤポーニャの植物学の大開拓者だ」

と、最高の祝辞を送られた。

「壽衛。君はまさしく、僕の幸運の女神だ」

牧野は、壽衛の手を取って心から感謝の言葉を述べた。

牧野には、ムジナモの発見は、壽衛と同居してからのことだったから、本気でそう思えたのである。

「とんでもございません。全ては旦那様のお力ですよ」

と答えながらも、壽衛もやはり嬉しかった。この牧野の〝勘違い〟が、自分への本当の愛ゆえと、確信していたからだ。

「この人と一緒になって、良かった」

と、壽衛は心の中で、つぶやいた。

「まだまだだよ、壽衛。僕はこれから日本中の植物を探索して、もっともっと新種を見つける。もっともっとたくさんの標本を造る。植物のある所なら、どこへでも行くんだ。壽衛。君がそばにいてくれれば、きっと出来るよ」

牧野は声を弾ませ、壽衛に向かって懇願するように、熱く語った。その眼は、希望に満ちあふれていた。

だが、壽衛は利発である。

はしゃぎ回る牧野をよそに、何か大きな暗雲が立ちこめる不安を、感じていた。

その年、壽衛の予感は当たった。

明治二十三年。

ある日、矢田部教授が大学別室での講義を終えて植物学教室に戻ると、教え子の学生の一人が、書棚の前をうろうろしている。何か探しているようである。

「どうした」

教授が尋ねると、学生は困った顔で

「マキシモヴィッチ博士の、昔の文献を探しているのですが、見当たらなくて」

と答えた。

「そんなはずは、あるまい。マキシモヴィッチ博士の著作なら、全てその棚にあるはずだ」

すると、矢田部のうしろから付いてきた別の学生が、答えた。

「ああ。それなら、おそらく牧野さんが持ち帰っているはずです」

「なんだ、そうか。じゃあ仕方ない」

学生はあっさりあきらめた。

牧野は昼間、植物学教室でいろいろと個人的に研究を続けている。しかし、どうしても家で研究を続けたい場合、必要な資料を借りて持ち帰ってしまう。一応貸し出し期限は決まっているものの、牧野はそんなことお構いなしで、いったん持ち帰った資料はなかなか返さない。忘れているわけではなく、研究が一区切り付くまではずっと手元に置いておきたいからである。

そんなことがしょっちゅうあって、いつのまにやら植物学教室でも、それが慢性化し、当然化してきている。だから、助手や学生たちは、いちいち目くじらを立てることなく、牧野が持ち帰った資料は平然とあきらめる習慣になっているのである。

「また牧野か」

しかし矢田部だけは、それが許せなかった。

牧野のやっていることは、教室が公費で揃えた資料の、半ば私物化である。確かに当初は、眼をつぶっていた。だが、こうも常態化していては、教室の秩序に関わるし、何より教室での研究の進展に関わる。にもかかわらず、学生たちは、妙に牧野には好意を寄せているので批判がましいことは言わない。

それがよけいに、矢田部には気に障る。

実際、牧野も悪いのだ。

植物学者としてずば抜けたセンスと力量を持ち、ここまですばらしい成果を、いくつも挙げてきた。それで周りから敬意の眼で見られているのをいいことに、教室では何の遠慮もせず、文献も標本も好き勝手に使っている。

時には、自分より年上の助教授や若い教授の研究にも、平気で口出しする。アドバイスとしては確かに間違ったものではない。だが、言い方がストレートで相手のプライドなどには全く気を回さないから、言われたほうとしては何とも釈然としない。そんな彼らの愚痴は、矢田部教授の耳にも、しょっちゅう届いている。

要するに〝坊っちゃん育ち〟の牧野は、傲慢ではないが、謙虚さも持ち合わせていないのだ。純粋と言えばそれまでである。けれど、人付き合いの妙というものを知らない。これは、世間一般では通じない。

「こんなことになるとはな」

矢田部は、ぼそりとつぶやいて、ため息を吐いた。

確かに六年前、いきなり尋ねてきた地方出の若者に対し、本来資格もないのに植物学教室の出入りを許可したのは、矢田部当人だった。牧野の植物学に対する真摯さに、素直に心打たれたからである。

だが矢田部は、牧野の、とてつもないポテンシャルまでは見抜けなかった。学歴もない一人の若者が〝自分の城〟である植物学教室で、こうも力を持つ存在になろうとは、思いもしなかった。

「なんとかせねば」

矢田部は明らかに、牧野に敵意を抱き始めていた。

「牧野君。話がある。ちょっと一緒に来てくれたまえ」

植物学教室で、新しく届いた海外の研究書を早速開いていた牧野は、背後から矢田部に声を掛けられた。そして、大学内の応接室に連れてこられた。

牧野としては、何でわざわざこんな部屋まで……と、全く理由が想像できない。

牧野と対座して椅子に座った矢田部は、おもむろに口を開く。

「じつはね、牧野君。明日から君には植物学教室の出入りを控えてほしい」

「え、ええ！」

いきなりの「出入り禁止通告」である。

牧野は一瞬、アタマの中が真っ白になった。今、自分に何が起こっているのか、分からなかった。

呆然としている牧野を前に、矢田部は構わず話を続けた。

「このたび、我が植物学教室で、公式に植物学の研究機関誌を出す運びとなってね。公式であるからには、執筆者も正規の学内の者でなければならん。そして、彼らのためには教室の資料や標本が、常に揃えられていなくてはならん」

牧野は、はたと思った。自分がしょっちゅう教室の資料を持ち出していること。そして返却日を守らない事態が多々あること。矢田部はそれをたしなめているのだ。——と。

「そ、その……お話は確かに分かります。これからは、教室内の資料も標本も、外へは持ち出しません。ですから、出入り禁止だけは……」

「いや、その点だけではない。これからは、その機関誌発行のためにも、植物学教室の規律をよりしっかりしたものにして、研究者たちがこぞって、より良い論文を書ける環境を整えねばならん。そのためには〝部外者〟が出入りするのは、好ましくないのだ」

部外者！

その言葉に、牧野は頭をハンマーで打ち砕かれたような強烈なショックを受けた。

これまで自分はすっかり、植物学教室の一員のつもりでいた。同世代の者も自分の存在を好意的に受け入れてくれていた。植物学研究の成果も、彼らに負けないくらい挙げ続けてきた。

だが、あらためて考えてみれば、自分は正式な手続きを経て帝大に入ったわけではない。

「部外者……ですか、私は」

「まあ、そうだね。これまで君に教室の出入りを許していたのは、まったくのこちらの厚意であって、君には本来、その資格はないのだから。こちらの事情が変われば、君を除外するのは当然のことだろう」

牧野の心に、怒りのような感情が、生まれて初めて込み上げてきた。矢田部の言うことは確かに筋が通っているような気がする。けれど、その言葉の裏に、何か邪なものを感じる。

「ああ、それから、もう一つ」

矢田部は、牧野の感情を察しながらわざと無視するように、冷徹な響きで言葉を継いだ。

「君が出している『日本植物志図篇』……だったかな。あの書物は、教室の資料や標本をかなり参照して出したものだろう。となれば、その続編を出すにしても、資料は使わせられないから、どうしたって書物の質が落ちる。だったらいっそのこと、続編を出すのを断念したらどうかね。

どうせ、内容は教室の公式機関誌と、そう変わらんものとなるだろうし」

「そんな！『日本植物志』まで」

まさに「最後通牒（つうちょう）」である。

研究も続けられない。論文の発表の場も、もらえない。しかも、自分が生涯の目的としていた専門誌の制作さえ止められる。

「話は以上だ。もう下がって、いいよ。今日、教室を引き上げる際には、私物を忘れずに持って帰りたまえよ」

矢田部は最後にそう言うと、あとは「聞く耳持たん」とばかりに、一人応接室をさっさと出ていった。牧野はしばらく椅子に座ったままぼんやりと天井を見上げていた。

何もかももう終わったのか。自分は植物学者として、もう死んだのか。——と。

ヨロヨロと立ち上がり植物学教室に戻った。すると、

「牧野さん。読みかけのまま出ていかれた新刊、枝折りを挟んで一応書棚に戻しておきました。上から三番目の棚です」

と、学生が親切に声を掛けてくれた。

「ありがとう。でも、今日はもう帰るよ」

牧野は細い声でそう言うと、ノートと筆、小さなメモ帳と写生帳を風呂敷に包んで、教室を立ち去ろうとした。学生があわてて

「新刊は持っていかれないんですか」

と聞いた。牧野は少しだけ振り返り、弱々しく、そして無理に笑顔を作って

「うん」

とだけ答えた。そして植物学教室をあとにした。

壽衛に会いたい。

牧野の心は、その気持ちで一杯だった。

こんなことになってしまい、合わす顔がないのは分かっている。それでも、牧野の心の支えは、もはや壽衛だけだったのだ。牧野は重い足取りで、自宅に向かった。周りの風景は、まるで眼に入らなかった。

「あら。お早いお帰りですね」

牧野が家に着いた時、壽衛はちょうど洗濯物の取り込みのため、庭に出ていた。牧野

の尋常ならざる顔色にすぐ気づいた壽衞は、縁側から座敷に上がると、すぐに玄関に向かった。そして、優しく牧野の背広を脱がせた。

「お茶を入れましょう」

壽衞はすぐに井戸から水を汲んできて、かまどで湯を沸かし、湯飲みに二人分の茶を入れた。そして、座敷の卓袱台（ちゃぶだい）の前に座ったきり黙って動かない牧野に茶を出して、自分はその真正面に座った。

「どうか、お話しください」

壽衞は、真っ直ぐ牧野を見つめて優しく声を掛けた。

牧野は、壽衞の声を聞くなり急に気が緩んで、涙をこぼした。壽衞はそれでも、落ち着いたまま笑顔を崩さなかった。

「じつはな、壽衞。僕はもう駄目かも知れないんだ」

牧野はこう口を開くや、昼間の矢田部との会話を、早口で立て続けに話し始めた。とにかく壽衞に聞いてもらいたかった。自分のこの絶望感を、壽衞に共有してもらいたかった。

一通り話をすると、牧野は茶をグイと飲み、

「いったい矢田部先生は、どうして急に僕を追い出したんだ。同じ僕を外すにしても、もう少しやりようがあるじゃないか」

と、壽衛に問いかけた。とにかく壽衛に慰めてもらいたかったのだ。

ところが、壽衛はひどく冷静に、答えた。

「それは、矢田部先生が旦那様に嫉妬なさっているからですよ」

嫉妬！

思いもよらない壽衛の解答だった。牧野は一瞬、その言葉の意味さえ分からなかった。

壽衛は、愕然としている牧野の顔をうかがいながら、静かに、ゆっくりと言葉を続けた。

「旦那様が次々とすばらしいお仕事をなすっていくのを目の当りにして、矢田部先生は、旦那様を恐れ始めたのですよ。学者として旦那様に嫉妬心をお持ちになったのですよ」

「そんな……。矢田部先生ほどの地位の方が」

牧野はまだ、真実を突いている壽衛の答が、理解できない。壽衛は淡々と言葉を続ける。

「お偉い方ほど、下の者が伸びてくるのを恐れます。おのれの地位を脅かすのではないか、と。そして強く嫉妬いたします。下の者のくせにナマイキだ、と」

呆然とする牧野。

矢田部は、牧野にとっても「日本植物学の神様」だったのだ。ただひたすら、その才能と人格を信じていた。自分が植物学教室で好き勝手やらせてくれているのも、矢田部が優しく見守ってくれているからだ。――と、思っていた。

けれど、壽衛の言葉も、漠然とながら分かるような気がする。

「偉い人の嫉妬……か。壽衛。君はその若さで、よくもそんなことが分かるものだね」

牧野は、ひたすら感心するしかなかった。が、壽衛はあっさりと
「亡き父上の、受け売りですよ」

と答えた。

壽衛の亡父は、維新前は譜代の大藩・彦根藩の家臣である。なるほど、秩序と格式を重んずる武家社会ならそういうことも珍しくなかろう。――と、牧野は納得した。

と、同時に何やら、少し気が軽くなった。どころか、少し自信まで漲ってきた。

「そうか。僕が矢田部先生に追い出されたのは、僕の落ち度ばかりではなかったのか。矢田部先生のご説明と変に冷ややかな口調には、裏にそういう意味があったのか。

そして、僕は、予備門はおろか中学さえ出ていないこの僕は、あの矢田部先生に嫉妬されるほどに優れた日本の植物学者となったんだ。これはもう『大日本帝国一の植物学者』と言ってもいいではないか」

明治二十三年の憲法施行に合わせて日本は国名を正式に「大日本帝国」としている。国民の多くにもこの国名は歓迎されていた。

妙にキラキラし出した牧野の眼を見て、壽衛は

「あ。ちょっと、持ち上げすぎたかな」

と一瞬だけ反省した。けれど、自分の励ましを全く鵜呑みにして、急に自信を回復させた牧野を

「おもしろい方だ」

と、少しおかしく思って、笑いかけた。無論、牧野にはその笑みさえ、自分への励ましと映った。

「うむ。だけど、これからどうしたものか」

牧野は、急に前向きになった。

植物学者として、自分の眼力やセンスには自信がある。植物を写生する画力も、大きな自信がある。文章力は、プロの小説家ほどではないにしろ、学者としては良いほうだと思っている。そして何より、植物を採集し徹底的に調べる胆力と集中力には、誰にも負けない自信がある。

しかし、である。なにしろ資料が足りない。カネにいっさい頓着なく買い続けてきた資料にしても、所詮は個人の蔵書レベル。植物学教室のものとは、比ぶべくもない。あれだけの資料を個人でこれから揃えるとなれば、さすがに天文学的金額になる。土佐一の「岸屋」でも、無理だろう。

「なにしろ、あちらの金蔵は天下の文部省だからな」

腕を組んで冗談めかしくつぶやく牧野。その言葉の響きに、もう先程の沈痛さはなかった。この素早い切り替えの楽天性は、ある意味で、牧野の最大の武器であった。

壽衛も、ここまで来たら今日は先のことなど考えず楽しく過ごそうと思った。それが、今の牧野には一番のクスリだ。――と。

「旦那様。まだ時が早いので、夕餉の支度を始める前なのです。陽もまだ高うございますし、今日の夕餉は外で、美味しいものを食べてはいかがでしょう」

「おう。それはいい。早速、出かける準備をしよう。壽衛は、何が食べたい？」

「牛鍋など、いかがですか」

牛鍋は、牧野の大、大好物である。無論、壽衛はそれを承知で提案したのだ。

「あ。僕もそう思っていた。さすがは僕ら『鴛鴦夫婦』だ。こんな場合にも気が合うね。……あ、でも取り込んだ洗濯物はどうする？」

「そんなもの、帰ってから片づければよろしゅうございますよ。すぐに支度いたしますから」

壽衛はすばやく厠を済ますと、庭の井戸で手足をきれいに洗った。嫁入り道具に母が持たせてくれた一番良い着物に着替えて、鏡台の前で日本髪を整え、頬と唇に軽く紅を塗った。

牧野も顔を洗って蝶ネクタイを締め直し、背広の埃を払って、壽衛の横から顔を押し付けるように鏡台を覗き込んで、髪に櫛(くし)を入れる。

二人とも、おしゃれにかなり気を使う質(たち)なのである。

そして二人で神田の牛鍋屋に入ると、山ほどの上等の牛肉と、当時とても高価だった生玉子を四つ頼んだ。玉子を小鉢に割って入れ、十分に煮込んだ牛肉にたっぷり玉子を付けて、食べる。最高の贅沢である。

「旨い！　元気百倍だ。壽衛、僕の小鉢に肉を入れてばかりいないで、君もドシドシ食べたまえ。肉はまだまだあるぞ」

「それでは、失礼いたします」

壽衛も牛肉を思う様食べて、二人、大満足で箸を置いた。支払いの時、牧野が懐中の紙入れ（札入れ）を心細そうに覗き込むと、壽衛が先に立って巾着袋から札を出し、さっさと支払いを済ませてしまった。

「壽衛。君、そんなにカネを持っていたのか」

驚く牧野。けれど壽衛はにこりと笑って

「こんな時のために、少しずつ貯えてまいりました」

と答えた。

実際、牧野は「岸屋」から仕送りが来ると、自分の使うカネをまずしっかり懐に入れて、残りを壽衛に渡していた。だから、壽衛が受け取る額は、決して多くはない。そんな中でも壽衛は遣り繰りして、貯えをしていたのである。

帰路は、腹ごなしにブラブラと二人並んで、散歩をした。

散歩の習慣は、江戸時代末期に海外から入ってきたものである。当時は、高級官吏や大実業家などが、西洋風よろしく杖を持って散歩を趣味としていた。

とは言え、なにしろ明治二十年代前半。江戸時代風の儒教道徳が、まだまだ習慣だった時代である。夫婦と言えども男女が並んで散歩するなど、思いも寄らないことだった。

道行く人々は、仰天して脚を止め、二人の姿をしばし眺める。それでも二人は平気で、肩を付かんばかりに近づいて、町中を歩く。得意気という顔ではない。ごく自然に、である。

町中から神田の土手道を横切ると、竣工間近の大聖堂が見える。翌・明治二十四年に完成を見る「東京復活大聖堂」通称「ニコライ堂」だ。

「大きな耶蘇教のお寺ですね」

壽衛が眺めながら感心していると、牧野が

「ロシアから来た偉い耶蘇教のお坊様が、建てているという話だよ」

と、説明した。ロシア正教会の修道司祭である聖ニコライのことだ。

夕暮れだから、今日の工事は終わっている。静かにたたずむ完成間近の大聖堂を見ながら

「ロシア……か」

と、牧野はつぶやいた。そして何か考え込むように、真剣な顔でしばらく黙っていた。

が、ハッと閃き、いきなり壽衛に向かって大声を挙げた。

「壽衛。ロシアに行こう！」

「え。どういうことでございますか」

「ロシアの大植物学者のマキシモヴィッチ博士の下へ、弟子入りするんだ。博士には何度も書簡を送っているけれど、そのたびに親切な返信をくださる。『ムジナモ』の日本発見の時も、とても誉めてくださった。

矢田部先生が僕を日本の植物学界から追い出すというなら、僕は海を渡って、世界の植物学界に乗り込んでやる。そして、世界に通じる植物学者になってやるんだ」

牧野はかなり興奮している。自分の新しい未来が一気に開けたような思いが、心にわきあがっているのだ。

「それは良いお考えですね」

壽衛はいつでも牧野の味方である。

人懐っこさは、時として図々(ずうずう)しさになる。その図々しさを受け入れてくれる人がいるのは、じつに幸運なことだ。

牧野は翌日、マキシモヴィッチからの手紙数通を携えてニコライ堂へ向かった。ニコライ堂はほぼ内装は出来ていて、担当の神父が忙しく事務整理をしていた。

「ごめんつかあさい」

牧野はいきなり、神父に面会を求めた。

「私は、牧野富太郎という者です。じつはあなた様にお願いがあって参りました」

神父としては、「キリスト正教会」の布教のため来日しているわけだから、てっきり牧野を入信者と思って、温かく迎えてくれた。

「マキノさん。御用というのは入信ですね」

「いえ、違います」

牧野はあっさり答えた。神父は一瞬、当てが外れて肩を落とした。が、それでも話を続けてくれた。ロシア人は、幕末の頃からこの時期までは、日本人に友好的であった。

「お国の植物学者のマキシモヴィッチ博士に、お取り次ぎを願いたいのです。私はこの国で植物学を研究している者ですが、この国では研究が続けられそうもないのです」

牧野は事情を説明し、マキシモヴィッチからの手紙を見せて、ロシア行きの想いを強く訴えた。

「なるほど。神父は大変に感心してくれて

「なるほど。では、私からマキシモヴィッチ博士に、あらためて紹介状を出しましょう。先方はあなたをすでに知っているのですから、話はきっとうまく進みますよ」

と、約束してくれた。

「本当ですか！　ありがとうございます」

「神に仕える者は、嘘はつきません」

神父は笑って、牧野を励ましてくれた。

牧野はすっかり嬉しくなって、鼻唄を歌いながらウキウキした足取りで家路に就いた。

帰ると、来客が待っていた。他ならぬ池野である。

「やあ。池野君。わざわざ来てくれていたのかい」

牧野が明るく声を弾ませる。が、池野は逆に難しい顔をして、ろくな挨拶もせず
「妻君から聞いたぜ。ロシア行きを企てているんだってな」

と、聞いた。

「うむ。今、例の神田のでっかい耶蘇教の寺へ行って、そこの坊さんに、マキシモヴィッチ先生への紹介を頼んできた」

「そうか。君は相変わらず、こうと決めたら行動が素早いな。一足遅かったか」

池野は、肩を落として言う。

「なんだね。何かあったのか」

「いや。じつはな、僕なりに君のため奔走したのだが……。今年、駒場に帝大の分科大学として新しく『農科大学』が設置されたろう。で、君を受け入れてくれる、というん

だ。

　理科大ほどの設備はないが、農業研究も植物学の一部だし、君には好きに研究してくれて良い、と向こうは言っている。

　僕としては、君にはこれからも日本植物学のため、ここに居てもらいたかったのだが」

「そうか。そういうことだったのか」

　牧野は、池野の友情を心底ありがたく思った。心の中が涙ぐむような気持ちだった。

「まあ、君ならロシアでも活躍してくれるだろう。いずれにせよ、君の未来を祝福するよ」

「感謝する」

　その日は、これ以上は牧野の身の振り方について互いに話題にしなかった。その晩は、牧野と池野、それに壽衛を加えた三人で牛鍋をつついた。

「奥方の味付けは絶品だよ。神田の一流店にも負けませんよ」

「まあ。池野さん。お上手ですね」

　壽衛も笑顔で、夕餉を楽しんだ。

　池野が帰ったあと、牧野は壽衛と対座して、壽衛に問うた。

「なあ、池野君の話、どう思う。正直なところ、君はロシア行きに賛同してくれているのかい」

牧野としては、やはりロシアに行きたいのである。

新設の農科大は、帝大の理科大より明らかに格下で、集まる学生の学力もそれほど高くない。帝大の教授連が一時はこぞって新設を大反対したほどだ。それに事実、理科大の植物学教室に比べれば資料など無きに等しい。

しかし、そこに勤めれば日本を離れなくて済む。遠い異国ではきっと、壽衛に大変な負担を強いるだろう。それを思うと、池野の話も無下にする気にはなり切れない。

けれど、壽衛はそんな牧野の気持ちを全てお見通しだった。

「私の居場所は、いつでも旦那様の御側(おそば)です。ロシアでも駒場でも、同じことですわ」

壽衛の笑顔に、牧野はほっとした。

「いずれにせよ、ロシアからの返信待ちだ。もう少しゆっくり考えよう」

そののちも池野との仲は、ぎくしゃくすることはなかった。池野は手土産の菓子を片手に、よく牧野の家に遊びに来た。牧野も大歓迎で、二人夜更けまで、さまざまな話をした。

「なあ、牧野君。青山の陸軍練兵場に、珍しい木があるだろう」

「ああ。『ナンジャモンジャ』の木だね。僕も、あれはじっくり研究したいと思っていた」

　話題に出た「ナンジャモンジャの木」とは、木犀科ヒトツバタゴ属の植物で、晩春に、プロペラ形の白い美しい花を咲かせる。当時は珍しい植物で「なんじゃ、これは」と人々が噂するうち、このような変な呼び名が定着していた。

「うん。僕も同感だ。そこでだね、一つ二人で、あの木の枝を頂戴しに行こうじゃないか」

「ううん。でも相手は陸軍だからな。敷地内のものを、そう簡単に譲ってくれるかな」

「だから、こっそり頂戴するのさ。二人で〝石川五右衛門〟になろう、というわけさ」

「なるほど。そいつは、おもしろい！」

　襖の向こうでは、漏れ聞こえるこの話に、壽衛がクスクス笑っている。

　そこでその日の深夜、馴染みの車夫を頼み、二人乗りの人力車に乗って練兵場の壁そばまでやってきた。好都合なことに月夜である。

「君、足代は弾むから、あの木の枝を一つ、取ってきてくれたまえ」

「へい。お安い御用で。いつもご贔屓いただいてる牧野様のお頼みとあれば」

　車夫は身軽に練兵場の壁を越えると、するするとナンジャモンジャの木に登り、一枝を折った。そのわずかな音に気づいたのか、見回りの兵が

「誰だ！」

と、ランプをかざしてくる。

「君、急ぎたまえ」

「言われなくったって、急ぎまさあ。木の枝一振りで撃たれちゃあ、割に合わねえ」

車夫はあわてて壁を越えてくると、枝を牧野に渡すや、二人を乗せて大急ぎで走り去った。

「ははは。愉快、愉快」

人力車の座席では、牧野と池野がそろって大笑いである。車夫もまたゲラゲラと笑いながら猛スピードで青山練兵場をあとにした。

そんな愉快なこともありつつ、日々は過ぎた。

第五章　暗影

そして年が明け、翌・明治二十四年。

「旦那様。異国から書状が届きました」

座敷で読書をしていた牧野は、壽衞の言葉を聞くなり
「ついに来たか！」

と、あわただしくそれを受け取った。壽衞も気にかかるのだろう、牧野の横に正座した。

無論、ロシアからの返信である。しかし、差出人の名はなぜかロシアの女性名だった。

「マキシモヴィッチ先生の秘書か助手が代筆したのかな」

封を切るのももどかしく、牧野は書簡を開く。一目見て、短い内容だった。一気に読み下した牧野は、先程の歓喜の表情とは打って変わり、愕然と下を向いた。

「旦那様。どうされたのです」

壽衛があわてて、声を掛ける。牧野は黙ったまま、その書状を壽衛に渡した。もちろん壽衛はロシア語など読めない。が、じっとその書状を見つめた。悪い内容であることは、すぐに察しが付く。

「博士の娘さんからだよ。博士はつい近頃の二月に亡くなったそうだ」

「え」

壽衛もショックだった。悼みの言葉が出る余裕もなかった。

「博士は、僕から書状が来たことを、とても喜んでくださったそうだ。でもその時期すでに、博士は病の床に臥せっていらしたという。

僕が帝大から追い出されたことを書状に書いたら、とても同情してくださって、元気になったらぜひ僕を迎えたい、ともおっしゃってくださっていたという。娘さんにも『春には、東洋から優秀な新しい弟子が来るぞ』と、床の中でとても嬉しそうにしてらしたって」

「まあ。なんとお優しい」

壽衛は涙声で、弱々しくつぶやいた。

しかし、これで牧野のロシア行きの道は絶たれた。壽衛は、まずそのことが頭に浮かび、強い失望感を抱いた。

「マキシモヴィッチ博士は、僕にとって誰よりも尊敬する学者だった。心の師だった。

ねえ、そうだったんだよ。壽衛」

牧野はすがるようにして座ったまま身体を前のめりにし、壽衛の肩を抱いた。壽衛に何か言ってほしかった。

「旦那様。でしたらマキシモヴィッチ先生への恩返しのためにも、学問に精進なさってください。私も出来る限りのことはいたします」

壽衛はピシャリと言った。

傷心の牧野にこの言葉は、厳しいものだったかも知れない。だが、この時の牧野には、そんな厳しさが必要だったのだ。牧野の心に、新たな火が点った。

「この国でマキシモヴィッチ先生のご遺志をもっとも強く継ぐことが出来るのは、旦那様です。旦那様は、この国におけるマキシモヴィッチ先生の一番弟子なのですよ」

マキシモヴィッチと牧野は、明確な師弟関係は結んでいない。だが、壽衛はそう信じていた。「一番弟子」という壽衛の言葉は、都合のいい一方的な言い草ではある。だが、壽衛はそう信じていた。だから壽衛の言葉は、何の作為もない純粋な言葉だったのだ。

壽衛のこの〝決めつけ〟は、牧野の心にズシンと響いた。

「うん。そうだ。そのとおりだ」

牧野は、拳をギュッと握りしめた。

「こんなところで、めげてたまるか。マキシモヴィッチ先生。天から、これからの僕を見守っていてください」

壽衛の言葉は、牧野を完全に立ち直らせたのだ。

その日のうちに、牧野はマキシモヴィッチ家へ、礼と悔みの手紙を認めて送った。

ロシア行きの話について、それからの牧野は一言も触れなくなった。

「池野君。例の農科大学の件、まだ頼めるだろうか」

その二、三日後、牧野は池野の家を訪ねた。

「来てくれたか、牧野君。それはもちろんだ。先方は、君からの良い返事をずっと待っている。それにしても、マキシモヴィッチ博士のことは、残念だった」

植物学教室でもマキシモヴィッチの訃報については、連絡が行っていた。

「植物学教室では、誰もが、あの矢田部先生でさえ、大きく気落ちして、教室全体がまるで御通夜のようだったよ。

そうさな。皆が『ずっと頼りにしていた父親を失った子供たち』のようだった」

「そうか」

マキシモヴィッチが日本植物学界にとって、いかに大きな存在だったか、牧野はあらためて強く実感した。

「牧野君。このまま出られるかね。出来るならば一刻も早く、農科大学へ挨拶に行ってもらいたい。もちろん僕も同行する」

「分かった。出かけよう」

二人は急ぎ人力車を手配すると、駒場の農科大学に向かった。二人が着くと、農科大学は思った以上に歓迎してくれた。それはそうである。牧野は当時、すでに植物学で世界的な発見をいくつも発表していた大学者だったのだ。ただ当人に、その自覚がなかっただけである。

牧野と池野は学長室に直々に通された。

「牧野先生。よくぞお出でくだされました。我が農科大は、牧野先生のご研究を全面的に応援させていただきます。ただ……」

学長は、ちょっと顔を曇らせた。

「なにぶん当校は、帝大分科大の中でも新設校でして……。研究予算は理科大とは比べものにならぬほど、わずかなのです。牧野先生にご満足いただけるほどの資料や研究道具は、十分にご用意できないと思います。

それに、他の分科大との折り合いもありますし、先生には、取り敢えず『助手』という肩書きで来ていただかなければなりません」

学長はずいぶん気まずそうだった。が、もとより「学問に地位など関係ない」という信念のもと、これまで生きてきた牧野である。帝大全体での農科大の立場も、無論承知のうえだ。牧野には何も不足はなかった。

「それと、ですな。俸給のほうも、些少でして。月、十五円しかお支払いできません」

帝大出たて、助手になりたての若者並の給料だ。とは言え、もとより俸給のことなどは端から気にしていなかった牧野である。

「結構です」

と、一言で了承した。

そのあと、牧野と池野は研究室に案内された。研究室の書棚は、立派な造りで壁一面に具えられてはいた。けれど、そこに納められている書籍はわずかで、どの棚もスカスカだった。

「これだけ……？」

池野が思わずつぶやいた。

しかし牧野は黙って棚を一つ一つていねいに、見て回った。すると、ふと見た棚に、見慣れた小冊子が置かれている。

『日本植物志図篇』。

紛うかたなき牧野の著作第一号だ。取ってページを繰ると、ずいぶんと傷みがある。何人もの学生が読んだことが、一目で分かる。牧野は人知れず笑みを浮かべた。

牧野は、ここで研究を続けようと改めて強く決心した。

「お帰りなさいませ。いかがでした」

池野と別れた牧野は、夕暮れに家に着いた。人力車の鉄車輪の音が玄関先で止まるや、壽衛はすぐに小走りで玄関まで迎えに出た。牧野の満足げな笑顔を見た壽衛は、答を聞く前に、ほっとした。

その日の夕餉は、牛肉の甘露煮に里芋の煮っ転がし。甘党の牧野の大好物ばかりだ。牧野は旨そうに飯をお代わりして、全て平らげた。

食後の茶をすすりながら、卓袱台の正面に座る壽衛に報告した。

「農科大の勤めが、正式に決まったよ。地位は助手。俸給は、月に十五円だ」

壽衛は黙って聞いている。

「矢田部先生は、明治十年に大学に植物学教室を立上げて以来、十年以上教授を務める帝大の大物だ。片やこちらは、新設校の農科大の助手風情。謂(い)わば『横綱』と『褌担(ふんどしかつ)ぎ』さ。

でも、壽衛。僕はやるよ。学びに学んで、日本中の植物を調べ尽くして、矢田部先生を超える植物学者になる。『褌担ぎ』が『横綱』を打っちゃってやるんだ」

牧野は明らかに嬉しそうだった。まるで、当時の子供が「一兵卒の身で敵軍の大将を生け捕りにする」妄想を、抱いているかのようだった。

壽衞は少し照れ気味に
「旦那様。私もご報告申し上げたいことが、ございます」

と言った。声が弾んでいる。

「じつは、妊娠いたしているのです」

「え」

牧野には、思いもよらなかったことである。

しかし考えてみれば、壽衞とともに暮らすようになって、もう三年。十分に有り得る話だ。牧野は、迂闊ものである。

「喜んでいただけないのですか」

壽衞はからかうように笑顔で言った。

「いや、嬉しいよ。うん、確かに嬉しい……。そうか、子供か。壽衞が子供を産むのか」

牧野はしどろもどろに、つぶやいた。何か浮かない顔をしている。

牧野の今一つ晴れない顔を見て、壽衞はむしろクスクス笑い出した。

「そんなご心配なさらずとも、子が産まれても、これまで同様にちゃんと旦那様のご面倒を見ますよ、私は」

「そ、そんな心配はしてない」

牧野は多少、むきになっている。

「一番上の子供が、下の子が産まれると、母親を取られるような気がして不機嫌になるそうですわね。私、次女ですからずいぶんと昔、姉にそんな思い出話を聞きましたわ」

「ど、どういう意味だね。僕は別に……」

「旦那様は、いつまで経っても〝ワンパク小僧〟みたいな方ですから。私も妻であるとともに、旦那様のお母上の代理のような気持ちで過ごしてまいりました。それは、子を幾人産もうとも変わりませんので、どうかご心配なく」

壽衛は、おかしくておかしくて大笑いするのを、必死にこらえている。牧野の顔に「図星」と書かれているからだ。

「子が産まれるのは、めでたいことだ。言っておくが、僕は子に嫉妬したりはしないからな」

牧野は懸命に言い訳をする。しかしこれは、自分から本心を吐露したようなものである。

「はい。もちろんです。とんだ失礼を申しました。猛省いたします」

それでも壽衛の小さな笑いは止まらない。牧野家の食卓に、久しぶりに何の憂いもない明るさが戻った。

そののち。とんでもない大事件が、牧野の耳に飛び込んでくる。

「おい、池野君。本当なのか」

牧野はショックのあまり、顔を青ざめさせている。池野は、わざわざその話をしに農科大の研究室に訪れていた。そして、その池野の話は、牧野にとって、とても信じられないことだった。

「矢田部先生が、非職……」

「ああ。間違いない話さ。理科大学長の菊池先生が、直接言い渡したそうだ」

菊池大麓。日本近代を代表する数学者にして、理学博士である。当時は、帝大理科大の学長に就いていた。

「しかし、矢田部先生は理科大の重鎮じゃないか」

「そして、君を理科大から追い出した張本人でもある。少しは、痛快な話だと思わないのかい」

「僕は、他人の不幸を喜ぶような、そんな下卑た人間ではない」

牧野は珍しく、池野を厳しい眼で睨んだ。

「いや、失敬、失敬。そんなことは百も承知だよ。でも、じつは矢田部先生は、理科大の上層部からは、あまり好かれていなくてね。今回の非職も、いろいろな原因が積み重なってのことらしい」

「どういうことなんだ」

「矢田部先生は、ああ見えてドンファンの気(け)があるのさ。鹿鳴館(ろくめいかん)にやたらと出入りしてダンスに興じる日々を過ごしたり、竹橋の高等女学校の校長を兼職されていたがそこの教え子を娶(めと)ったり……と、帝大の教授として品格に問題ありと、密(ひそ)かに常々言われていた。

　菊池学長は厳格な方だから、そのへんが非職の理由じゃないかな。

　もっとも、矢田部先生の理科大での功績はたいへんなものだからな。そのうち、どこその官立学校の校長にでも収まるだろうさ」

「植物学教室の責任者は、どうなるんだろう」

「松村(まつむら)先生が、後釜に入るらしい。順当なところだろう」

　松村任三(じんぞう)。かつて矢田部の助手をしていた植物学者である。この頃は教授であり、謂わば「植物学教室のナンバー2」だった。もっとも、牧野に対する〝秘めた嫉妬心〟も、師の矢田部同様で、やたらと牧野の研究にケチを付けている。

「どうしたい、牧野君。ずいぶんと意気消沈の趣じゃないか」

　池野が、牧野の沈んだ顔を見て意外そうに聞いた。

「うん。僕はね、君のおかげで、この農科大の職にありつけて植物学を続けられるようになった時、勝手に『これからは矢田部先生と競争だ』と、意気込んでいたんだ。その対決相手がフッと目の前から消えたようで、何だか、とてつもない喪失感に襲われている」

「そうか。君らしいな。だが、競争相手がいようがいまいが、君の植物学への情熱が変わるものでもあるまい」

「それは、もちろんだ」

「君は、必ずや大日本帝国一の、いや、世界的な大植物学者になるよ。僕が保証する。鋭意努力してくれたまえ」

池野が、牧野の肩をポンと叩いた。牧野にようやく笑顔が戻った。

牧野の植物学研究は、より一層に拍車がかかった。

珍しい植物があるらしい、と聞くや、どこにでも採集旅行に出かけた。これまでの研究成果の整理にも余念がなく、あの『日本植物志図篇』も、第七集、第八集……と、次々に出版を続けた。そこには、かつて故郷の土佐で採集した植物の研究成果も、数多く掲載した。

そして、壽衛は第一子を無事に出産した。女の子だった。牧野は「園子(そのこ)」と名付けた。

「この子が二十歳になる年には、僕は四十九か。その頃には僕も今より少しは偉くなっているかな」

牧野は、寝転がって無邪気に笑う園子の小さな手を触りながら、つぶやいた。園子は、その小さな手で牧野の人差指をつかんだ。

「あら、旦那様。お偉くなりたいのですか」

壽衛が不思議そうに聞く。

「君も知ってのとおり、僕は地位なんか欲しくないさ。学問に地位など無用の長物さ。けど、この子の嫁入りは盛大にやってやりたい。偉くなれば俸給が上がるだろう。せめて子供の嫁入りくらいは、僕の稼いだカネで送ってやりたいのさ」

そんなことを言いつつも、牧野はどこか呑気である。実家の「岸屋」の財産は、無尽蔵だと勝手に思い込んでいる。

ところが、現実は厳しかった。


「旦那様。ご実家から書状が来ております」

ある夕暮れ。大学から戻った牧野に、壽衛が一通の書状を手渡した。差出人は、現在「岸屋」の経営を任せている牧野のいとこである。じつは、つい最近も研究資金と生活費として送金を頼んだばかりだった。書状一通というのは、どうにも解せない。

「なんだろう」

座敷で書状を読み進める牧野は、次第に顔色を変えていく。思いもしなかったことが、そこには認められていた。

「ご送金の件、これまでも、いろいろと工面してまいりましたが、もはや店には財貨が尽きて、お送りする余裕は全くございません。使用人もずいぶんと暇を出した有り様です。正直申して、店の立て直しの目処(めど)も付かず、私と番頭だけではどうすればよいのか皆目分かりません。ご店主様には、出来うれば一度、佐川に戻られて、店の整理をしていただきたく、よろしくお願い存じます」

牧野は呆然とした。

「そこまで、ひどくなっていたのか」

牧野は、台所で夕餉の支度をしている壽衛を呼んだ。

「壽衛。僕はいったん土佐に帰らなければならなくなった。明日にでも大学に休暇をもらってきて、そのまま出立するよ」

「まあ。ずいぶんとお急ぎのことで」

しかし書状を見せられた壽衛は、牧野の焦りに納得した。それでもオロオロするような壽衛ではない。

「どうぞ、こちらのことはご心配せず、お店のことが落ち着くまであちらに居てらしてください。旅費は、すぐにお持ちします」

そしてタンスの引き出しの奥から、まとまったカネを出すと、牧野の前に置いた。

「え。こんなに持っていって、こちらの暮らしは大丈夫なのかい」

「少しは貯えがございますから」

「済まない。恩に着る」

さすがは壽衞だと、牧野は、あらためて感心した。翌日、牧野は独り、東京を発った。

「今、戻った」

土佐に着いて人力車を雇い、大急ぎで「岸屋」に戻った牧野は、店の玄関口に入るなり愕然とした。

店先の大きな土間に並べられている酒樽からは、酒の香りが全くしない。職人はおろか、丁稚も下女も、一人も姿が見えず、ガランとしている。薄暗い、なんと寂しい有り様であることか。

「旦那様。よくぞお戻りで」

奥から番頭が走り寄ってきた。牧野の顔を見るなり、安堵の色を見せた。

「ずいぶんと寂れてしまったものだね」

「なんとも面目ございません」

番頭は泣かんばかりの顔をして、牧野に深々と頭を下げた。

「いや、お前のせいではない。お前が精一杯やってきてくれたことは、分かっているよ」

そうなのだ。この「岸屋」の零落ぶりは、他ならぬ牧野の責任なのである。

東京で本格的に暮らし始めてから三年。牧野は毎月毎月、多額の送金を「岸屋」に頼んできた。研究費、書籍代、植物採集のための旅費、そして生活費。そのうえ、お坊っちゃん育ちの牧野は「節約」ということを知らない。どのカネも、並の勤め人が使うであろうカネの何倍も要求してきた。

それだけではない。「岸屋」の主人は、飽くまでも牧野である。地元の佐川の人々はおろか、土佐中がそう思っている。その主人がのべつ不在となれば、いかに老舗だとて、店の信用はどうしたって落ちる。「『岸屋』の主人は店を放りっぱなしにして東京で遊興三昧している」という心ない噂も広がっている。何代も贔屓にしてくれていた大口の常連客も、次第に離れていっている。「岸屋」は、まさに風前の灯火（ともしび）だった。

座敷に上がると、牧野は帳簿を持ってこさせて、パラパラと捲（めく）っていった。数字は残酷である。この二、三年の収支の落ちようのひどさが、否応（いやおう）なく眼に突き刺さる。

「僕は、これほどに店のカネを使ってきたのか」

あらためて激しく実感した。

「ここまで落ち続けて、それでもよくぞ『岸屋』の暖簾を守ってきてくれた」

牧野は、傍らに座る番頭に頭を下げた。

「そ、そんな……。頭をお上げください。私どもの力が足りないばかりの仕儀にございます。まこと、悔しい限りで」

番頭は、うっすらと涙を浮かべた。悔し涙である。「悲しさ」や「寂しさ」より「悔しさ」が先に出る。番頭も、やはり土佐っぽである。商人として雄々しい心を、持ち合わせている。

牧野は腕を組み、考えた。この惨状をどうするか。

まず何より、今後はいっさい店にカネの無心はしない。そのうえで、売れるものは売り払い、店の規模を、うんと小さくする。それでも暖簾を畳むよりは、ずっといい。そして、もっとも重要なことは、店の主人を代替わりさせることだ。それは取りも直さず、牧野が主人として隠居する、牧野と店の実質的な縁を断つ。――ということだ。

「和之助」

「へい」

番頭の名は、和之助という。

「お前は、本当によくやってきてくれた。僕は『岸屋』を小さくして、いったん出直すのが、良いと思う。そこでだ、和之助。お前、『岸屋』の七代目を継いでくれないか。お前が『岸屋』の主人になってくれ」

「え。そんな恐れ多い」

「いや。お前のほうが僕なんかより、はるかに店のことを考えてくれている。どうか頼む。

それから、もう一つ……」

「へえ。どんなご用事で」

「お祖母様が亡くなる前、いとこの娘を僕の嫁にと、決めていただろう。けれど僕は当時、所帯を持つ気は全くなかったから、その話は立ち消えとなった。

和之助。お前はまだ独り身だろう。そのいとこと、夫婦になってくれないか」

「え。そ、それは……」

和之助の顔が急に真っ赤になった。

じつは、そのいとこの娘と和之助が、ずっと以前から互いに秘めた恋心を抱き合っていることを、牧野は知っていた。

勝手な言い草だが、和之助といとこが結ばれて、その子が八代目を継げば、姓が変わっても「岸屋」の主人の血筋は牧野家の人間になる。お祖母様への、せめてもの贖罪となる。

——と、牧野は考えていた。

「私めなどに、もったいないお話にございます。ですが、もし先方様がご納得いただけるなら、私には何の異存もございません」

「うん。そうしてくれるか。感謝する」

話は、全てまとまった。

けれど、これですぐに東京へ戻れるわけではない。

「岸屋」の残った財産の具体的な処理。残っている使用人も減らす方向で、幾許かの金子を渡し故郷へ帰ってもらう。そして、贔屓してくれていた客への挨拶。主人の代替わりの報告と、これからまた商いの付き合いを願えないかという頼み事。

牧野と和之助は、毎日あちこちへ奔走し、夜には二人で、帳簿を前に置いてこれからのことを相談した。そして、七代目の祝言の段取りも。

そうこうしているうち、瞬く間に日は過ぎた。

やがて、壽衛から書状が届いた。二人目の子が産まれたという。女の子だという。

残っていた店の者皆が
「おめでとうございます」

と、心からの祝辞を述べた。久しぶりに「岸屋」が明るくなった。その日は質素ながら祝いの席が店で設けられた。牧野は、その次女に「香代」と名付けた。

そんな日々のあいだにも、牧野は暇さえあれば植物採集を続けた。東京へ出る前に採集した植物も、集め直した。当時は正しい標本の造り方が分からず、自己流で造っていたため、枯らしてしまうものが多かったのだ。

「故郷の土佐の植物でさえ、まだまだ集め切れていない。日本中の植物を集めるとなると、僕が幾つになっていることか」

それでも、植物に触れている時だけは、牧野は幸せだった。

明治二十五年。牧野が土佐に帰ってすでに一年を過ぎた頃である。

壽衛から書簡が届いた。分厚くて大きな封書である。

開封すると、中にもう一通の封書が入っている。壽衛が、牧野宛で自宅に送られてきたものを、そのまま送ってきたのだ。差出人を見た牧野は、少なからず驚いた。

「帝国大学理科大学、菊池大麓」

理科大の学長から直々のものだ。

内容をひもとくと、牧野を正式に理科大に「助手」の地位で迎え入れたいという。

理科大には、牧野の実力を高く評価する者も多かった。彼らは、牧野を嫌っていた矢田部が退いたことをチャンスとばかりに「牧野を再び理科大に呼び戻してほしい」という声を挙げたのだ。それが菊池を動かしたというわけである。

「理科大か。あそこに戻れれば、また植物学教室の資料を自由に使える。それはありがたいな」

だが、その一方で「大学の一員として正式に組み込まれる」となれば、大学の格式や秩序に縛られることに直結する。好きにやろうとすれば、矢田部のように牧野を煙たがる教授連も出てくるだろう。現に、矢田部の〝子飼い〟だった松村教授には、何かと睨まれそうだ。

しかし、そんなことを気にして自分を曲げられるような牧野ではない。他人の顔色を見ながら生きるなど、まっぴらである。

結局、菊池には

「実家の整理が着き次第、あらためてご挨拶に参ります」

と、アヤフヤな返事を送り、そのまま、しばらくは土佐に留まることとした。

けれど、好事魔多し。

「旦那様。江戸……じゃない、東京の奥様から電報です」

植物採集から戻った牧野を待ち構えていたように、和之助が紙切れを両手に持って走り寄ってきた。

「電報？　何か急ぎの用か」

牧野は嫌な予感がした。すぐに電報を開く。その文面に、牧野は一瞬にして顔を青ざめさせた。

「ソノコ、シス」

持っていた写生帳も採集道具を入れていた鞄も、全てが手から滑り落ちた。

「園子が、死んだ」

牧野は唇をぶるぶる震わせながら、小さくつぶやいた。

「え。娘さんが」

和之助も、それきり絶句した。

あとから送られてきた壽衞からの書簡によると、園子は昨年から風邪をこじらせて寝込むようになり、この年に容体が急変。必死の看病も甲斐(かい)なく、亡くなったという。享年、数え四。

壽衞の文面には

「まことに申し訳ございません。私の一生の不覚にございます」

とあり、その全責任が自分にあることを記し、ひたすら牧野に〝謝罪〟する内容であった。

母親としての泣き言は一言もなく、ましてや、牧野に対してすがることも、留守の牧野を責めることも書かれていない。その気丈さは、やはり武家の娘である。

それでも牧野は、自分を責めないではいられなかった。病で苦しむ幼い娘と、たった独りで看病に明け暮れる壽衞のそばに、自分が居られなかったこと。それが悔しく、申し訳なく、情けなかった。

「和之助、済まない。僕は東京に戻る」

店のことは大抵片づいている。牧野は、一刻も早く東京へ、壽衛の側へ帰りたかった。

「お帰りなさいませ」

新橋駅から人力車で一目散に家に戻った牧野を、壽衛は座敷から玄関まで走ってきて出迎えた。

「旦那様……」

壽衛の眼に涙が光るのを見た牧野は、荷物をそのまま玄関先にドサリと落とし、壽衛を両腕で強く抱きかかえた。

「何も言わなくていい。済まなかった。本当に済まなかった」

壽衛はたまらず、立ったままぽろぽろと涙をこぼした。壽衛が牧野に涙を見せるのは、一緒になって以来、初めてだった。

座敷の奥には、小さな棚の上に、白木の箱に入った骨壺（こつつぼ）が置かれていた。牧野はその前で静かに、手を合わせた。

「壽衛。僕は理科大に戻る。そして、植物の研究を続ける。園子の生命と引き換えにしてまで僕が出来ることは、学問しかない」

「はい」

壽衛は、きっぱりと答えて、うなずいた。

「理科大でも、立場は助手のままだ。俸給も変わらず月に十五円だ。そして、もう実家からの仕送りはない。君には、たいへんな苦労を掛けることになる」

「そんなことはお気になさらず、どうか旦那様のなさりたいように、なさってください。旦那様の学問がとても立派なお仕事であることは、重々承知しております。暮らしのために、その学問をお捨てになることなどあっては、私は何より悲しゅうございます」

「ありがとう」

こののち園子の弔いを済ませ、牧野は決意を新たに、わずかな残りの財産から、新たな牧野家の小さな墓を建てた。そして、牧野は決意を新たに、農科大に別れを告げた。

理科大へと向かい、菊池学長に挨拶した。

「どうか、あらためまして、よろしくお願い申し上げます」

「うん。学内の者から『君を戻してほしい』という声が、ずっと続いていてね。理科大としても、一度出入りを止めた君に戻ってほしいというのは、ずいぶん都合のいい話で恐縮なのだが……。とにかく戻ってもらえて良かった。これから存分に働いてくれたまえ」

牧野は三十路を過ぎていた。この頃の牧野の研究ぶりは、それまでにも増して熱が入っていた。鬼気迫るほどであった。

採集旅行に出かけては、どんな危険な場所にも入り込んで珍しい植物を探し続ける。帰っては採集してきた植物を、微に入り細に入り調べ尽くす。植物学教室にない文献は、いかに高価なものだろうと買い求める。そして、次々と優れた論文を著して『植物学雑誌』に発表し続けた。

牧野には、自分の植物研究に絶対の自信があった。かつて壽衛に言われた「マキシモヴィッチの日本での一番弟子」という言葉が、彼の心の中で何よりの称号となっていた。それを思えば「理科大の教授」風情の肩書きなど、全く恐くなかった。教授たちが発表した論文に誤りを見つけると、遠慮なく指摘し、雑誌の紙面で公に批判した。

一方、壽衛は毎年のように子を産み続けた。

「子は夫婦の鎹にして家庭の宝」というのが、壽衛の信念だった。どんなに貧しくとも子が多ければ、それだけ家庭は温かく明るいものになる。それは、夫の心を包み込むものとなる。——と、壽衛は堅く信じていた。

牧野も壽衛も、常に前向きだった。

だが、現実には「家計問題」という大きな重石が二人の肩に、のしかかる。牧野は生まれて初めて「困窮」という恐怖を知ることとなる。

第六章　壽衛の奮闘記

当時・明治二十年代の物価指数と、こんにち・令和のそれとを正確に比較することは難しい。しかし、きわめて大雑把に換算するなら、一万倍と見ればよかろう。すなわち、牧野の月給十五円は、こんにちの十五万円ほどである。

この額の収入だけで牧野家は、牧野の研究費、生活費、家賃などを全て賄わねばならない。

さらには、牧野は相変わらず高価な文献を買い続けるし、植物標本造りも熱心にし続ける。植物標本は吸水紙に挟んで造るのであるが、これが数日の時間を要する。したがって牧野家は常に、部屋一杯に造りかけの植物標本を並べている。そのためには、どうしたって大きな部屋が必要になる。となれば、大きな家を借りねばならず、家賃も高額になる。

つまりは、月に十五円の収入だけでは、この暮らしを維持するのは物理的に無理なのだ。

それでも壽衛は、愚痴一つこぼさない。どころか牧野の研究を励まし、生活がどんどん苦しくなっても、むしろ牧野の研究を奨励する。

「壽衛。本当に申し訳ない。せめて、もう少し俸給が上がってくれればいいのだが……」

この時期には、すでに五人の子がいた。牧野が、子供たちの粗末な服を見て居たたまれなくなり、そんな弱気なことを言うと、

「そのようなお考えは、おやめください！　そんなことをお悩みになっては、旦那様の学問の妨げになります。百害あって一利無し、です」

と、本気で叱責するほどである。

牧野家の食卓も、以前に比べればずいぶんと質素になった。けれど、壽衛は子供たちには、決してひもじい思いだけは、させない。市場を駆け回り、少しでも安い食材を探して、買い集める。そして食費を遣り繰りする。

遣り繰りが上手くいっているのは、壽衛の愛嬌（あいきょう）の良さも大きい。

「まあまあ、八百屋さん。これはまた良い大根ですわね。本当にこちらのお店はいつも、品揃えが良くて感心ですわ。懐があったかければ、もう少したくさん買っていきたいくらい」

「牧野の奥様に、そこまで誉めてもらっちゃあ、勉強もしたくなりまさあ。こちとらも江戸っ子でさあ。景気良く半値でどうです」

「あら、嬉しい。でしたら二本いただきますわ」

こんな調子で、食材を安く手に入れるのである。

そして必ず家族で食卓を囲むようにし、努めて楽しい食事にする。わびしい食卓を、わびしく感じさせない。

「やあ、やあ。お待たせ、お待たせ。ご飯の時には必ず現れる。それが、この父ちゃんなるぞおお」

牧野も壽衛の気持ちに応えて、食事の時には、いつも子供たちのため冗談を言いながら書斎から出てくる。子供たちはキャッキャッと喜び、牧野家は笑顔で一杯になる。時には、故郷・土佐の「よさこい節」を家族で唄うこともあった。

「土佐ぁのぉ、高知の、はりまやばぁしで……」

牧野が唄い出すと、子供たちも楽しげに声を合わせる。壽衛も手拍子で盛り上げる。

「こんな窮状にあっても、僕は笑うことが出来る。全く壽衛のおかげだ」

牧野は、ただただ壽衛に感謝した。

「池野君。悪いが、少しカネを貸してもらえないだろうか」

理科大の廊下で、牧野は池野に借金を時々頼む。池野も心得たもので
「うん。今はこれだけしか貸せないが」

と、すぐに背広のポケットから封筒に包んだ紙幣を渡す。五円の時もあれば十円の時もある。

「それにしても、君の功績と発表論文の量を考えれば、もっと地位も俸給も上がって良さそうなものだがね」

池野が不満気に言うと、

「まあ、こっちは予備門も出ていない助手の身だからね。文句も言えんさ。それに僕は、植物学教室では嫌われ者だからな」

と、牧野当人は気にしていない様子である。

実際、牧野の優れた功績や論文は、若い研究者たちには評価が高い一方で、教授連には煙たがられていた。またもや嫉妬だ。

とくに、矢田部の後を継いだ松村教授は、牧野の〝遠慮のない〟活躍をやっかみ
「牧野君。君は、上の者の仕事を手伝う助手の立場なのだから、自分の論文執筆にばかりかまけて、その本業を忘れては困るよ」

と、牧野に論文を書かせまいとするほどであった。

それでも牧野は、やり方を変えない。頑として周りの苦言に聞く耳持たず、論文を発

表し続ける。こんな調子で上に嫌われていては、上がる給料も上がるわけがない。

「ふうむ。そういった状況では、理科大内部だけで君を救うことは、無理そうだな」

池野は悔しそうにつぶやいた。


牧野家は、壽衞の努力も空しく、だんだんと窮地に追いつめられていった。

毎月毎月の赤字を埋めるため、借金を重ねる。借金には当然、利子が付く。借入金は膨らむばかりである。

この頃になると、壽衞は毎朝、薄化粧するのを怠らなくなった。

何ゆえか。借金取りがいつ家に怒鳴り込んできても、その相手をして、話巧みに追い返すためである。

借金取りはまず間違いなく男だから、まだ二十代前半の壽衞が化粧して笑顔で出迎えれば、自然と懐柔しやすい。

「まあ、まあ。ご苦労様です」

借金取りが来ると、壽衞はまず座蒲団と茶を出してもてなす。

「奥さん。今日こそは利子だけでも入れてもらいやすよ」

借金取りは、初めこそ鼻息が荒い。

「ええ。本当にそちら様には不義理をしてしまいまして。あなた様も、手ぶらでお帰りとあっては、上の方にさぞかし肩身が狭もうございましょうねえ」

壽衛は平然と他人事のように、労りの言葉をかける。こんなふうに壽衛に出られると、借金取りも何やら気が緩んで

「まったくでさあ。うちの大将と来たら癇癪持ちでね。これじゃあ、あっしも叱られるばっかで、肝心のおアシももらえねぇ。帰りゃあ、カカアにまた怒鳴られるって始末だ」

と、愚痴をこぼし始める。壽衛はすかさず

「あらまあ、奥様がおありで。ご結婚はいつでしたの」

と、話をすり替える。

あとは、聞き上手の壽衛のこと。言葉巧みに相手から脈絡ない四方山話を引き出してはタイミングよく相槌を打ち、絶好のところで大いにお世辞を言って、相手を持ち上げる。

人は、機会さえあれば「自分の話」をしたいものだ。そして、それを快く聞いてくれる人がそばに現れたら、嬉しくなってとめどなく話を続けるものだ。そうなると大抵、話すこと自体が目的となって肝心の用件まで忘れてしまう。ましてや、借金取りなんぞは普段、女性とくつろいで話すことなどないから、仕舞いにはすっかり上機嫌になって

「まあ、今日は帰りまさあ。お互え気張って、なんとか生きていきやしょうや」

と、親切な言葉まで残して帰っていく。

壽衛は玄関先まで出て、深々と頭を下げ借金取りを見送る。それに気づいた借金取りは、またまた嬉しくなって、手を振りながら帰っていく。

さらに、じつはこれは、借金取りへのご機嫌取りのためばかりではないのである。

壽衛は、借金取りが確実に家から離れていくのを見届けると、奥にひそんでいた子供たちに

「もう大丈夫ですよ。旗を下ろしてきておくれ」

と、小さな声で頼む。子供たちは、玄関の裏の勝手口に掲げていた小さな赤い旗を回収してくる。

じつはこれ、牧野に伝えるサインなのだ。

「今は借金取りが来ているので、もう少し時間が経ってから戻ってきてください」

といった意味を伝えるものだ。

この時期は、牧野は家に帰る際はいきなり玄関から入らず、まずはそっと勝手口に回る。そこで赤い旗が見える場合は、借金取りと鉢合わせしないように外へ引き返して、少しブラブラする。そうやって適当に時間を潰してから、あらためて帰るといった寸法だ。

このスリルあるゲームのような取り決めを、壽衛はむしろ楽しんでいた。自分の愛嬌

を武器にして借金取りを撃退することが、何やら自分の手柄のように思えるのである。だから、牧野がようやく戻って

「いつも苦労をかけて、済まないね」

と労をねぎらうと、壽衛は上機嫌で

「今回も、上手く行きましたわ」

と、笑いながら牧野の背広を脱がせるのである。

赤い旗の出し入れは、子供たちの役目だ。子供たちもさすがに、これが「借金取りを追い返す作戦」だと分かっているので、忠実に壽衛の言うとおりにテキパキと動くことは動く。が、なぜこんなことをせねばならぬのかが、今一つ理解できない。と言うのも、壽衛は常に

「お父様のお仕事は、御国（おくに）中どころか外国にまで知れ渡っている立派なことなのですよ。だから、あなたたちもお父様の子として誇りに思いなさい」

と、諭しているからである。

「お母様。お父様のお仕事はとても立派なのに、どうしてうちは貧乏なのですか」

と、子供たちは心底不思議そうに時折、壽衛に問う。壽衛は決まって

「ご立派なお仕事というものは必ずしも、おカネが儲（もう）かることにはならないのです。いえ、儲からないことこそが、お仕事のご立派さを示しているのですよ。世の中の仕組み

とは、そうなっているのです。だから、あなたたちは貧乏だからこそ、強い誇りを持ちなさい」

と、説明する。その説明する壽衛の態度がいつも堂々として明るいので、子供たちはその時は、なんとなく了解するのだ。

それでも、やはり根本的な納得は得られないので、こんな遣り取りが、時々起こる。しかし、壽衛はまた、そんな子供との遣り取りも楽しんでいるようだ。

しかしながら、現実は厳しい。そんな牧歌的なことが、そうそう毎回通るわけもない。ついには、大口の借金先が少しでも回収しようと、家の家財道具を、差し押さえして競売に掛けるため運び出してしまうことがあった。その時も壽衛は、家財道具が運び出されるのを凛とした態度で、直立不動のまま黙って見つめていた。

あらかた運び出したあとで、雇われの人足が借金取りに
「大将。この書物の山はどうしやすか」

と聞いた。すると、すかさず壽衛は
「書物といっても小説なんぞと違って、学者しか買い手がないようなものばかりですから、売れませんよ。重たいのに運び出すだけ無駄ですよ」

と、平然と説いた。借金取りは壽衛の堂々とした迫力に押されもしたのだろう。

「違えねえ。おい、それは放っておけ」

と、書棚の書物と植物標本には手を付けずに出ていった。

牧野が帰ってくると、家の中がガランとしている。書棚以外の家財道具いっさいが消えていたからだ。

「これは、いったいどうしたんだい」

「借金取りに差し押さえられたのですよ。なんでも競売に掛けて、少しでも貸したおカネを回収するんだとか。久々に家が広くなってよろしかったじゃありませんか」

と、落ち着いたものだ。牧野はすぐに察して

「書物と標本は、君が守ってくれたんだね」

と、まずは壽衛に礼を言った。

「それにしても、根こそぎ持っていきやがって」

「仕方ありませんよ」

「仕方ないことが、あるものか。君の嫁入り道具の箪笥(たんす)や鏡台まで持っていっているじゃないか。それ以外も、我が家の皆が毎日、大切に使っていた品ばかりだ。〝ただの道具〟というわけじゃない。家族の想いがこもった道具だ。なんとか取り返さなくては」

牧野は早速、翌日から友人たちのところを回って、頭を下げカネを借り集め、道具を買い戻した。

さらに受難は続く。

日々の暮らしにも事欠く牧野家では、どうしても家賃が払えぬ月が多く、それが積もり積もって、ついには家主から立ち退きを命ぜられた。

「牧野先生のお仕事がご立派なことは分かります。ですが、こうも家賃を払っていただけなくては、こちらもやっていけません。別の方にこの家を貸すことにしましたので、今月中に出ていってください」

これぱかりは、壽衛の愛嬌を以てしても、どうにもならない。大八車を借りて荷物をまとめると、牧野家は家を出た。

当時の東京は地方から出てくる者が多く、それを当て込んだ借家も多かった。したがって新居も、わりと容易に見つけられる。が、そこに入ったとて家賃を毎月きちんと納められない状況は、変わらない。しばらくすると、また立ち退きを命じられる。

そんなことの繰り返しで、三十代から四十代にかけての牧野は、何度も引っ越しをする羽目になった。その数は、三十回を数える。

「壽衛。本当に済まない」

夜になって子供たちが寝静まってから、牧野は壽衛に、ひたすら謝る。子供たちには、いつも〝明るい父親〟を演じて見せていなければならないと、牧野は思っているからだ。

「おやめください。いつも申し上げているではありませんか。旦那様には、ただ思うがままに学問に精進していただきたい、と。

これだけ追いつめられても、私たち夫婦は生き続けていられています。これは、旦那様のお仕事を天が見守ってくださっている証拠です。旦那様は、正しいのです。誰にはばかることがありましょう」

壽衛は牧野の手を握り、滔々と牧野に訴えた。壽衛にとっても、牧野の仕事が何よりの誇りであり、生き甲斐だったのだ。

そして明治二十九年十月。牧野三十四の年である。

理科大からいきなり、とんでもない命令が下った。

「植物採集のため、台湾出張を命ず」

当時、台湾は「日清戦争」で清朝（当時の中国政府）が敗戦したあとの「下関条約」によって、大日本帝国に割譲され、日本領となった。これが明治二十八年。つまり牧野は、日本が自国領となって早々の台湾へ、植物研究の出張となったのである。

政府としては、台湾の自然研究をいち早く進めることで「自国領としての既成化」をはっきりさせたかったのだろう。

しかしながらこの頃の台湾は、いまだに反日感情が強かった。世情も不安定だったし、自国領となったとは言え、台湾出張は、なかなかに危険を孕んでいる。早い話、牧野は

「貧乏クジを引かされた」ようなものである。

ところが、牧野は大張りきりだ。

「遠くこの国から離れた台湾には、どんな植物があるのか。我が国の植物と、どう違うのか。こいつは最高の機会だ。じっくり調べてきたい」

けれど、国から支給される研究費は百円。大雑把なところで、こんにちの百万円程度であろう。広い台湾の植物を調べ尽くすには、足りな過ぎる。牧野のこれまでの体験から、それははっきりと分かる。

牧野は考えた挙げ句、壽衛に相談を持ちかけてみた。

「このたびの台湾の植物研究。どうにも経費が足りない。ほんの少しでも良いので、家から融通してもらえないかな」

牧野は、子供が母親に小遣いをねだるように、体裁悪そうに下を見てブツブツつぶやくように頼み込んだ。

「いかほどお入り用ですか。要るだけおっしゃってください」

壽衛は、平然としたものである。

壽衛の落ち着き払った態度に、牧野は安心して、あえて大きく出てみた。駄目で元もと、当たって砕けろ、である。

「そう……だね。俸給の半年分。それだけあれば、なんとか」

九十円である。国からの支給とほぼ同額。牧野は無理を承知で、思い切って示してみた。

壽衛は少し黙って、考え込んでいた。

「駄目……だよね」

ところが、壽衛は

「それだけで足りますか？　もう少しあったほうが、よろしいのでは」

と答えた。

「え。どのくらい」

牧野のほうがドギマギし出した。

「十カ月分くらいは、お入り用ではないですか」

壽衛の提示額は百五十円だった。牧野は、言葉も出なかった。

「いかがでしょう」

「あ、ああ。それだけあれば……」

「では、二、三日中に用意いたします」

その二日後、壽衛は本当に百五十円のカネを包んだ半紙を、畳の上に置いた。

「済まない」

「旦那様のご研究のためですから」

壽衛は、屈託ない笑顔で答えた。

もちろん、高利貸しからの借金である。だが牧野も壽衛も、カネの出所については、あえて話題に出さなかった。

出発して一カ月。ようやく牧野たち一行は、台湾に着いた。何があるか分からないから、と、国より一人に一丁ずつ拳銃が手渡された。

港のそばでも、国内本土ではお目にかかれない自生植物が、見られる。

「こいつは、楽しみだ」

牧野は、身の危険など頭の片隅にも置かず、ひたすら台湾の植物群に眼を輝かせた。

滞在は一カ月。

「もっと奥地まで行ってみましょう」

荷物持ちには、牧野の懐から代金を弾んで払った。おかげで、荷物持ちも機嫌良く働いてくれて、大いに植物採集の収穫を得た。

十二月に、台湾より東京へ戻った。

牧野は、壽衛に中国デザインの簪(かんざし)を、子供たちにはオルゴールを、土産に買ってきた。この土産の代金分だけは、最後まで懐に仕舞い込んでいたのだ。

「似合いますか?」

壽衛が嬉しげに土産の簪を挿して、牧野に聞くと、牧野も大はしゃぎで

「似合う、似合う。壽衛に合うと思って、一所懸命選んだんだ」

と、喜んだ。

ちなみに、台湾の植物研究は、この後年の明治三十八年、台湾総督府から依頼された植物学者の早田文蔵(はやたぶんぞう)が台湾に渡り、のちに、より精密な研究を完成させる。そして、早田は「台湾植物の父」と呼ばれるようになる。この早田の研究も、それに先立つ牧野たちの研究が土台となっている。

だが、牧野が研究成果を上げる一方で、牧野家は具体策のないまま、借金の繰り返し生活である。

牧野の三十代の終わり頃には、子供も、ますます増えている。これで給料は二十代前半の新人研究員並の十五円のままなのだから、借金は増えこそすれ、減るわけがない。借金は積もり積もって、とうとう二千円の大台に乗ってしまった。こんにちの感覚で言えば、軽く二千万は超えている。

しかし、見てくれている人は居るものである。

「牧野君。法科大学教授の土方(ひじかた)先生を知っているか」

ある日、池野が理科大の植物学教室までやってきて、いきなり妙なことを聞いてきた。

「いや。知らないが」

法科大は、帝国大の分科大学として明治十年に設立されているから、理科大と歴史は、ほぼ同じである。とは言え、接点はほとんどない。知っているわけがない。

「その先生が、君に会いたがっているらしい」

「なぜだい」

「土方先生は、土佐の出身なんだそうだ」

「へえ。同郷か」

牧野は池野に促されるまま、法科大まで出向いていった。名を告げると、すぐに教授室に通された。そこにいたのは、見るからに豪快そうな男である。いかにも土佐っぽらしい。

「おう、君が理科大の牧野君か。噂は常々聞いとる。理科大で教授連に一歩も引かない反骨精神の塊のような男だ、とな。お互い土佐っぽの血は争えんな」

「いえ。それほどでは」

土方寧。予備門から法科大に進み、卒業後すぐに文部省に勤め、その翌年には法科大の助教授となった。つまりはエリート街道まっしぐらで、ここまで上り詰めた男である。

「君は『岸屋』の跡取りだそうじゃないか。僕も、佐川の出身だから『岸屋』は、よく知っている。御一新前は『名教館』でも学んでいるんだ。君は何年の生まれだい」

「文久二年です」

「じゃあ僕より三つ年下か」

「土方先生は、やはり土方家の御方ですか」

「うん。じつは、そうなんだ」

土方家は、佐川に屋敷を構える土佐藩士の家である。つまり武家の出だ。

牧野は
「なんだ。同郷の者と思い出話がしたかっただけか。まあ、そんなところだろうと思った」

と、心密かに多少残念に感じた。何か、自分にプラスとなる提案でもしてくれるのでは、と淡い期待を抱いていたのだ。

ところが土方は、まさにその期待に応えた。

「君は、その歳で助手、しかも理科大で孤軍奮闘の身となれば、生活は楽ではなかろう。借財は、あるのかい」

ストレートな物の聞きようである。

「はい。借り入れが二千円ほどあります」

いまさら体裁を取り繕う必要もなかろうと、牧野は素直に答えた。お互いに土佐人らしい。

「ふむ。その程度なら何とかなるかも知れん」

「え。どういう意味ですか」

まさか、帝大の教授とは言え、二千円もの大金をポンと立て替えてくれるわけでもあるまい。ところが土方は、意外な名を出した。

「あの三菱財閥な。君も知ってのとおり、土佐の岩崎家が持っている財閥だ。僕は、そこにツテがある。そこに相談してみよう」

三菱財閥。こんにちの三菱グループにつらなる近代屈指の財閥だ。

創業者は、岩崎弥太郎。かつて幕末時代に、坂本竜馬が率いていた「海援隊」の会計係をしていた。維新後、その経済センスを生かして当時の土佐藩の商会を、藩の借金ごと丸抱えで引き取った。そして藩が持っていた軍船をフルに活用した海運業で、藩の借金を完済したうえ一代にして財閥を成した。当時はすでに弥太郎は亡くなっていたが、その弟の岩崎弥之助が二代目を継いでいた。

土方は、根が善人であった。牧野を救ったとて自分に何の見返りがあるわけでもないのに、すぐに三菱財閥に掛け合った。

「ほお。そのような学者先生が、理科大におられるのですか。薩長閥が牛耳る政府お抱えの帝大の中にあって、上におもねることなく我が道を進まれているとは、まさに土佐の男。痛快です。まさしく、あの坂本先生の心意気にも通じる方ですな」

弥之助も、土方から牧野の話を聞くや、すぐに好意を示した。

「二千円ですか。この岩崎弥之助がお出ししましょう」

かくして、牧野の借金は、一夜にして消えたのである。

「ほら、御覧なさい。ですから、旦那様は正しいと、私が常々申し上げていたではありませんか。正しければこそ、天が味方し、どこからか救いの手が現れるのです。私は、とうから分かっておりました」

壽衛は事の顚末を聞いて、さも〝自分の手柄〟かのように自慢げであった。牧野は苦笑いするばかりである。

「じつは、もう一つ良いことがあったんだ」

「まあ。何でございますか」

壽衛は身を乗り出して、快活な声で聞いた。

「土方さんが、僕の『日本植物志図篇』を見てくれて『これほどの研究資料に本篇がまだ出ていないのは、何とも惜しい』と、言ってくれた。それで帝大の出版物として出すように、総長に掛け合ってくれるというんだ」

「それは、すばらしいことですわ！」

と叫んでから、壽衛は聞いた。

「ところで、そのソウチョウとは、どのようなお立場の方なのですか」

壽衛のあまりに基本的な質問に、牧野は一瞬呆れ返った。が、そんな気持ちはおくびにも出さず、ていねいに説明した。

「帝大の各分科大学学長の、さらに上の人さ。帝国大学の一番上の人だよ」

「つまり、将軍様のような方なのですわね」

壽衞は明治になって生まれた女ながら、亡父が譜代の大大名である井伊家に仕えていたことから、徳川家をいまだに尊崇している。

この時期、帝大の総長に就いていたのは、幕末以来日本きっての教育者である浜尾新（はまおあらた）である。

『日本植物志』の出版を帝大でやってほしい、という夢は、牧野も以前から抱いていたが、一介の助手の立場で、そんな相談を総長に出来るわけがない。

それを、法科大の教授が掛け合ってくれるというのだから、世の中は分からないものである。

それから数日も経たず、土方は総長室を訪ねた。

「我が国のあらゆる植物を網羅した大図解の手引書を書ける人間が、理科大にいるのです。その者に、帝大の出版物として編纂（へんさん）執筆をさせることを、ぜひお勧めします」

「法科大の君から、そんな提案を受けるとは意外なことだね。いったい、どんな人物なのだね」

「牧野富太郎という者です。理科大の助手をしています」

「ほお、聞かぬ名だな。しかし、それほどの人材なのかね」

「これをご覧ください」

土方は『日本植物志図篇』の数冊を、鞄から取り出した。この頃には『日本植物志図篇』は、すでに十一集の刊行を成している。無論、牧野本人の自費出版である。

「こ、これを……その牧野という男が一人で描いたのかね」

ページを繰った浜尾は、仰天した。なんという美麗にして精密な植物図の数々であることか。浜尾は、しばし黙考した。

「よろしい。牧野君に、日本植物の手引書の執筆編纂を、正式に依頼しよう」

浜尾は、牧野の植物図のすごさを一目で見抜いたのだ。

浜尾は、理科大に正式の通達を出した。ところがこれに大反対した人間が、現れた。ほかならぬ松村教授である。

通達を受けるや松村は、総長室に怒鳴り込んできた。

「総長。どういうお考えですか。こんな酔狂な通達、断じてお受けできません。第一、日本植物の手引書は、退官なさった矢田部先生のお考えで、植物学教室で制作する計画だったのです」

矢田部の弟子だった松村としては、敬愛する師匠の計画を横からかっさらわれた気がして、どうにも怒りが収まらない。

「それは、私も聞いている。しかし、矢田部君の退官以来、植物学教室ではその計画が一向に進んでいないではないかね」

「そ、それは、まだ資料が揃っていない状況でして……」

「牧野君は、君の言うその資料を自力ですでに揃えている、と聞いとる。それに、今の植物学教室に、これほどの植物図を描ける人間がいるのかね」

浜尾から『日本植物志図篇』を突きつけられた松村は、それを見るなり無言となった。松村も一流の植物学者である。牧野の植物図が飛び抜けて優れていることは、一目で分かる。何も言い返せなかった。

「……分かりました。総長のご命令とあれば、理科大としても従わざるを得ません」

松村は、すごすごと引き返した。だが、その怒りは、よけいに燃え上がった。

「牧野め」

嫉妬からの怒りほど恐いものはない。

「え。『日本植物志』の編纂執筆を僕に！」

書面で正式通達を受けた牧野は、飛び上がらんばかりに喜んだ。同郷とは言え畑違いの法科大の土方の提案が、まさか実現するとは正直思ってもみなかったのだ。

「壽衞！　僕の長年の夢が叶（かな）ったよ。『日本植物志』の本篇が出せるんだ。僕が責任者になって、出版費用は全て大学持ちでね」

牧野は、帰るなり壽衞に報告した。

「では、土方さんのご尽力が実ったのですね。なんとありがたい。それで、お給金も上がるのですか」

壽衞としては、夫の仕事の負担が増えるからにはそれ相応の給料が受け取れなければならない、と考えている。カネが欲しいわけではない。夫のプライドの問題である。

「いや。増えない。増やすという話もあったようだが、池野君が聞いてきた噂だと、どうやら松村教授がそれだけは断固として反対したらしい。総長も、あまり波風を立てたくないのだろう。結局は月十五円のままだ」

「許せません！　またもや旦那様への嫉妬から、そんな仕打ちを」

壽衞は、珍しく腹立たしさをあらわにした。

だが牧野は、気にしていない。どころか、よけいに秘めた闘志を抱いていた。

「なあに。それならそれで、月十五円の助手がどれほどのものを作れるか、見せつけてやるだけさ。『所詮は助手の作ったものだ』などとは断じて言わせない。最高のものを作ってやる」

「さすがは旦那様です。旦那様の嘘偽りのないお働きは、天が見守っております」

壽衞も機嫌を直し、大いに凱歌（がいか）を挙げた。

かくして明治三十三年。『大日本植物志　第一巻第一集』が刊行された。

植物図はもちろん、本文たる解説文も、全て牧野の筆によるものだった。

ただし、編纂者として牧野の名はない。書名には「東京帝国大学理科大学　植物学教室編纂」と記されていた（明治三十年に京都帝国大学が設立され、帝大の正式名称は「東京帝国大学」となっていた）。松村教授による策謀だった。

しかし、牧野に、そのことを不満に思うような〝ちっぽけな名誉欲〟はなかった。ただただ、念願の『大日本植物志』を思いっきりの精魂込めて作れたことが、嬉しく満足だった。『大日本植物志』は結局、第四集まで出版されることとなる。

けれど生活の苦しさは、一向に変わらない。

『大日本植物志』の発行以降、その真の著者が牧野だと徐々に知れ渡ると、牧野の植物学者としての名声は、グングン上がっていった。日本中の植物学マニアたちから、講演依頼や研究グループへの参加依頼が殺到したのである。

牧野はそうした誘いに積極的に応じた。「植物を愛する同志」に植物のすばらしさを伝えたい。その一心からである。

だが、大抵は手弁当の旅行だ。遠い土地へ出向くとなれば、旅費もかなり掛かる。三菱財閥の援助でいったんは借金を清算できたとは言え、さらに新たな借金をし続けなければならなくなった。

壽衞は、十三人の子供を産んだ。けれど病などで六人の子を失う悲劇に見舞われた。その子たちが病に罹っているあいだは、必死の看病をした。そのため医療費も、どんどん嵩んでいく。このこともまた、牧野家の家計を圧迫していった。

ただ、借金は容易に出来るようになっていた。

カネ貸しは、儲かる話には嗅覚が鋭くなる。牧野家が一度、三菱財閥に救済された話は、カネ貸したちのあいだですぐに伝播した。

「牧野の家は、三菱財閥が後ろ楯に付いている。幾らカネを貸しても必ず、利子が揃って返ってくる。貸し倒れには絶対にならない」

そんなふうに見られて、むしろカネを貸したがるのである。

そうなると牧野も、ついついカネを借り続けてしまう。莫大な研究費を、ほぼ全て借金で賄ってしまうことになる。

壽衞は生活をそれまで以上に切り詰めながらも、牧野が研究のため借金することには、一切の苦情も諫言も言わなかった。牧野の研究を妨げることは、絶対にしたくなかった。

「きっと、いつか何とかなる」

そんな根拠のない漠然とした希望を、壽衞は持っていた。いや、持とうとしていたのだ。

そして『大日本植物志』第一集から十年。

牧野は全国に名を知られながらも、月十五円の給料のまま、膨らみ続ける借金を横目に研究に明け暮れる四十代を過ごしたのである。

明治三十六年の夏には、採集旅行に北海道まで足を延ばした。牧野、四十一歳の年である。明治の時代、四十代といえば、もうとっくに分別のある初老の域である。目的は、地元で「利尻富士」とも呼ばれている利尻山。標高千七百二十一メートル。なにしろ明治時代のこと。まともな山路も開けていない、ほぼ人の手付かずの山だ。

「北方の高山なら、きっと、まだ見つけられていない高山植物があるに違いない。壽衞。僕はきっとそれを見つけてくるよ」

嬉々として出かけていく牧野を見送りながら、壽衞はやはり心配でならなかった。それでも、牧野の輝く眼の光を見ると、ただただ自らの心配を押し殺して

「くれぐれもお気をつけてください」

という言葉しか掛けられなかった。

スポンサーは、植物マニアの加藤という子爵である。この頃には、牧野は超一流の植物学者として全国に名が知れ渡り、実業家や華族なども多くのスポンサーとして、付いてくれていた。もっとも牧野の使う研究費は桁外れで、そうしたスポンサーが付いてな

お借金が嵩むばかりだったが……。

予定では日帰りの採集登山だった。だから野営の準備などはしていない。それでも、牧野はなんとしても頂上まで登りたい。こうなると、もう〝我がまま〟以外の何ものでもない。しかし牧野は、植物のためなら、その我がままを貫くのだ。

壽衛の心配は、果たして当たった。

牧野は、同行者や地元の人足の注意も聞かず、陽が暮れてなお、採集に夢中になった。夕暮れになってようやく事の重大性に気づいた牧野は、同行の子爵と何人かのお供だけを下山させた。そして、数人の人足とともに野宿することにした。

気の毒なのは、貧乏クジを引かされた居残り組の人足たちである。

「先生。もう無理ですじゃ。わしらも下りやしょう」

「駄目だ。どうしても頂上まで行くんだ。そこには、きっと珍しい植物がある。下山した子爵が、救援隊を送ってきてくれるはずだ。それまでの辛抱だ」

「先生！　あんた、無茶苦茶だ。夏とは言え、北海道の山の夜を嘗め過ぎとる。わしら、たかが草のために生命を落としたくねえ」

「大丈夫だ。一晩中、焚火（たきび）をしていれば暖を取れるよ。払いは弾む。約束の倍、払うよ。だから、一緒に踏ん張ってくれ」

人足たちもあきらめた。ひたすら薪（たきぎ）を追加して、焚火の火を絶やさないようにする。

それでも、日帰り用の薄着しか着ていない。寒さで身体中が凍るようである。食べ物もない。凍死か、餓死か。と言っては大げさだが、まさに遭難状態である。それでも体力だけはあるメンバーだった。なんとか陽が昇るまで生き延びた。やがて、救援隊が食料を携えて登ってきた。時間は、もう午前十時過ぎである。

腹ごしらえを済ませた牧野は

「さあ。頂上を目指そう」

と、真っ先に立ち上がった。牧野は、山頂の高山植物しか目に入っていない。

「先生、お願いだ。わしらあクタクタですじゃ。飯を食ったら休むのが、山の鉄則ですじゃ。もう少し休ませてくだせえ」

「そうなのか。では、僕一人で登る。お前たちは、あとから来てくれ」

「冗談じゃねえ。山にド素人の先生だけ行かせたと、あっちゃあ、絶対に遭難しまさあ。あっしらの立場も考えてくだせえ」

牧野もさすがに、懇願する人足たちに押されて

「分かった。じゃあ少しだけ休もう」

と、不満気ありありで、口をとがらせドッカと座り直した。この状態を見て牧野に同情する者は、おそらく居まい。

それでも頂上まで登り着いた牧野の目の前には、高山植物の大群生が生い茂っていた。

もう、こうなると牧野の心は「新しい玩具を与えられた子供」と、変わらない。疲れなど感じさせる様子もなく、土の上に腹這いになって、ひたすら植物を観察し、目に付いたものは、泥だらけの手で丁寧に丁寧に、根の末まで傷つけぬよう掘り起こしていく。そして、宝物のように大切に首かけのバッグにしまう。そんなことを、延々と続ける。

「わしゃあ、戦の時も、あそこまで延々と匍匐前進は出来なんだで。全く、あの先生、アタマがおかしいで」

明治二十七年の「日清戦争」に従軍した人足が、座り込んだままブツブツと不平を言う。

もちろん、牧野はそんなことお構い無しである。『日本植物志図篇』や『大日本植物志』本篇にも研究不十分で載せられなかった高山植物が、山のようにある。もう、ほかのものは何も眼に入らない。

「見つけた！」

土の中にうずくまっていた牧野が、いきなり叫んだ。

「先生。どうしなすった」

「これは、新種かもしれないぞ」

金梅の群生である。金梅ならば、何度か採集した。だが、こんな金梅は見たことがない。

「これまで採った金梅は、黄色い花びらが五枚だった。けど、こいつは八重咲だ。まるで牡丹みたいだ」

牧野は早速、詳しく調べてみたくて仕方がない。

「おーい、皆。下山するぞ」

どこまでも勝手な男である。

東京に帰ってから調べると、やはり新種だった。同じキンバイ科だが、これまで発見されていなかったものだ。

「大収穫だ」

牧野はご満悦である。

もっとも、この北海道旅行はベラボウにカネが掛かった。加藤子爵が用意してくれた費用を軽く超えていた。その超過分は、牧野の払いである。もちろん借金で、だ。

「あの山頂の群生は、君にも見せてあげたかったよ、壽衛。それに、山頂からは樺太も見えた。絶景だったよ」

自宅の座敷で楽しげに、旅の報告をする牧野。しかし、壽衛はいつものように笑わない。始終不機嫌だったが、とうとう爆発した。

「そのような危険なお山の旅、二度となさらないでください！　一つ間違えば、死んでいたではないですか。旦那様のお仕事が大切なのは重々分かっております。ですが、死んでしまっては元も子もないではありませんか。

私は、旦那様を死なせるためにお仕えしているわけではありません！」

壽衛の怒りを想像もしていなかった牧野は、びっくりするとともに、意気消沈した。

「……分かった。これからは気をつける」

小さくなって頭を深々と垂れた。

と言っても、結局は変わらない男なのである。そのあとも、青森、岩手、栃木、群馬、長野、三重、さらには大阪、鳥取、岡山、広島、そして九州まで渡って、宮崎、長崎、熊本、鹿児島……と、日本中の植物を求めて旺盛に歩み続けた。

そして採集してきた植物は、誰にも触らせない。きれいに水洗いし、最上級の吸水紙で標本を作り、出来た標本は美しい形に整えて、紙に貼る。そして綿密な植物図を最高級の筆で描き、その生態を徹底して調べる。さらに似たような植物と比較して、細かな分類をする。

とても一人の人間でやり切れる芸当ではない。明らかなオーバーワークである。

植物学教室の助教授らが、疲れはてている牧野を見かねて

「牧野さん。私らも出来ることがあれば、お手伝いさせてください」

と、親切心で言ってくれる。が、牧野は

「いや。これは僕の仕事だから」

と、頑として他人の手を借りない。

「牧野さんは、まるで日本中の植物を自分だけのもののように思っているみたいだな」

そんな陰口さえ、聞こえる始末であった。

そんなあいだも、松村教授は執拗に、牧野を追い落とすチャンスを虎視眈々と狙っていた。

ただ、当時の理科大の学長である箕作佳吉は、牧野に好意を寄せていて、容易に松村教授の言葉に耳を貸そうとしなかった。箕作は、日本人初の動物学教授で、その旺盛なパイオニア精神から、新しい植物発見にひたすら打ち込む牧野に、シンパシーを感じていたのだ。

「箕作先生が学長であるあいだは、君の理科大での立場は、まず安泰だろう。しかし松村教授がいるあいだは、君の待遇は変わらない。まさに『帯に短し襷に長し』の状況だな。どうにかならんものかな」

池野は、牧野と会うたびに牧野を牛鍋に誘い、牛肉を突きながらも、そんな愚痴をこぼす。池野としては、親友である牧野のために何もしてやれない自分が歯がゆかった。

「いや、池野君。君の厚意には、いつも感謝しているよ。薄給で借金持ちの僕に、君はこうして僕の大好物の牛鍋をご馳走してくれている。それだけで僕は、十分に満足の日々さ」

牧野は笑って答える。心底から嬉しそうな顔だ。

「けれど、君の大学の立場は不安定すぎる」

池野は一人、心を痛め続けていた。

果たして池野の心配は、杞憂に終わらなかった。

牧野をかばい続けてくれていた箕作が、亡くなってしまったのだ。享年わずかに五十二であった。

次の学長に就いたのは、化学者の櫻井錠二である。

帝大で二番目に誕生した化学教授であり、日本化学の発展に大いに貢献した人物である。化学に全てを打ち込んだ人生を歩んだ男だ。

清廉潔白で欲のない好人物だった。しかし、なにしろ化学一筋に生きてきた生粋の学者だから、理科大全体の組織の実態や教授連の人間性など、全く知らない。くわえて、牧野の功績も名声も、植物学には全く門外漢だったため知る由もない。

松村教授は、素早く動いた。今度こそ牧野を追い落とすチャンスだ、と。

なにしろ牧野と櫻井が何らかの形で接点を持ってしまったら、櫻井までが牧野に好意を抱いてしまうかも知れない。箕作の時の二の舞になる。すぐさま学長室に進言に行った。

「我が植物学教室に、牧野という助手がいるのですが、これがどうにも自分勝手な男でして。教室の秩序が、この男一人のために壊されています。まるで教室を自分一人のもののように考えている男です」

「ほお。その男は幾つなのだね」

「もう四十八です。その歳になってなお助手止まりという点からも、問題のある男だとお分かりでしょう」

牧野を「助手止まり」にしている張本人は他ならぬ松村なのだが、そんなことはおくびにも出さない。ただ、ひたすら牧野の悪行を連ねて話していく。捏造(ねつぞう)の話もだいぶあった。

「ふむ。そんな人物を理科大に置いておくことは、問題大だな」

櫻井は、松村の話を完全に鵜呑みにしてしまった。そして、牧野の罷免を決めた。

「勝った。矢田部先生、ようやく私たちは牧野に勝ちましたよ」

松村は独り、ほくそ笑んだ。

「罷免だと！」

「うん。正式に言い渡された。この歳になって、またもや無職無収入に逆戻りさ」

牧野は、平然としたものである。池野ばかりが、おろおろしている。

「いったい、これからどうする気だね」

「どうするもこうするも、あるものか。植物の研究を続け、日本中の植物を分類する。元より月十五円の俸給なんぞ、借金だらけの僕には何の足しにもなっていなかった。しかし、全国には、僕を支持してくれる植物愛好者が今はたくさんいる。僕はもう孤独ではない。なんとでもなるさ」

家に帰って壽衛に罷免の話をしても、壽衛は全く動じなかった。

「旦那様さえお元気でお仕事に精を出していただけるなら、私はそれだけで十分ですから」

「壽衛なら、そう言ってくれると思っていた」

夫婦は、二人で笑い合った。今更ながら、壽衛の肝の太さに牧野は、密かに感心した。

第七章　植物標本の行方

牧野の罷免を知って、もっとも驚いたのは、他ならぬ植物学教室のメンバーだった。

「牧野さんがいなくなったら、我々に植物のことを教えてくれる人は一人もいなくなるぞ」

「植物学教室の質は、一気に落ちる。由々しき問題だ」

牧野は、自らの研究こそ他人に口出しさせなかったが、他人の研究には大いに協力的だった。何冊もの研究書を必死に調べなくとも、牧野に聞けば「ああ。それはね……」と、一発で答えてくれる。おかげで若い研究者は自らの研究をドシドシ進められる。牧野は、まさしく植物学教室の「生き字引」だったのである。

植物学教室メンバーの懸命な陳情運動が、学長の櫻井に届くと、櫻井は動揺した。

「松村君の話と、全然違うじゃないか」

とは言え、牧野を罷免したのは自分である。理科大学長の立場としては簡単に取り消

し は出来ない。

　一方、牧野は罷免された翌年に「東京植物同好会」を立上げ、市井の植物学者として多くの人材を育てることに尽力した。植物採集の会を開くと、多くの同好会メンバーが参加する。そして
「牧野先生。これは何ですか」

「これは、どうしてこんな葉っぱの形をしているんですか」

などと、聞いてくる。植物学の素人も多い。きわめて初歩的な質問も多く受ける。

　それでも牧野は、うんざりするどころか大喜びで、事細かに教える。こうした場合『日本植物志図篇』は格好のテキストになった。なにしろ図が中心だから、素人にも分かり易（やす）い。

「この書は、こういう人たちのために書いたものだったのだ」

と、牧野自身があらためて納得する一幕もあった。

　そして、さらに翌年。明治四十五年。

　松村教授は、退職した。それでも当人は「あの牧野を道連れにしてやった」という満足感があった。形ばかりの送別会が開かれ、松村は理科大を去った。

　ところが、それとほぼ同時に、牧野は理科大に呼び戻されたのである。

「牧野君。わずか二年前に君を罷免したのは、この私だ。しかしそれは、私の全くの失

策だった。こんな頼みを出来る立場ではないが、また理科大の植物学教室に戻ってきてくれたまえ。待遇は『講師』として迎え入れる。俸給も、助手時代の倍の月に三十円を払う。どうだろうか」

櫻井は、気まずそうな顔をして牧野に頼み込んだ。もちろん牧野は、何の不平も恨みも櫻井には持っていない。牧野とは、そういう男なのである。

「拝命いたします。理科大植物学教室のため、昔以上に尽力いたします」

と、素直に頭を下げた。櫻井は、ほっと安堵した。

「いやあ、痛快、痛快。松村氏の謀略も、わずか二年で水泡に帰したわけだ。やはり天は正義に味方するのだなあ」

池野は大はしゃぎである。牧野の家へ牛肉を手土産にやってきて、我がことのように大いに凱歌を挙げている。

「どうです、奥様。奥様もご同様でしょう」

牛鍋の支度をして鍋を運んできた壽衛に、池野は上機嫌で話しかけた。しかし壽衛はきわめて冷静に

「いえ。こうなることは分かっておりましたから」

と答えた。牧野はニヤニヤしている。

「いや、失敬。さすがは牧野君の奥方だ。本当に牧野君を信頼してらっしゃるのですな

あ」

「はい」

壽衛はたった一言、はっきりと返事した。

この年、七月三十日。明治天皇、崩御。

牧野と壽衛は、皇居の方向に向かって静かに手を合わせた。

その日の夜、子供たちが寝静まってから、二人は茶をすすりつつ、しみじみと去りし明治時代を回顧して、四方山の話をした。

「お互い歳を取りましたね」

壽衛がそう言うと、牧野は
「なに。暦のうえの歳など関係ないさ。僕はますます元気だし、君は出会った頃と変わらず可憐で美しい」

と、大真面目で応じる。

「出会った頃って……。私はその頃、十五の生娘（きむすめ）ですよ」

壽衛は、ほんの少しだけ顔を赤らめた。

こうして牧野は、大正時代を迎える。

牧野は、五十代に入っていた。

理科大での講師の仕事も順調だった。なにしろ話上手で、聞き手を喜ばせることが好きな牧野である。「ただ淡々と講義する」など、誰より当人が嫌がって、冗談やユニークな独特の解説で、教室中を沸かす。牧野の講義には、大学院生やら帝大の職員やら、他の分科大学の学生までが押し寄せた。

「こんなに聴衆が集まるのは、文科大にいた頃の夏目漱石先生の講義以来じゃないか」

昔を知る人々は、そんなふうに噂した。

漱石は、英文学の専門家として明治四十年まで文科大学の教師を務め、やはりユニークな講義で、文科大学一の人気を誇っていた。のちに本格的なプロ作家の道を歩むが、彼もまた大学での地位は「講師」のままだった。

確かに牧野と漱石は、似ている。

専門学識の深さが超一流なことが同様なのはもちろんである。それよりも何より、学生たちを喜ばせるために〝他人をダシにすること〟なく、自らが道化となるところが、人柄として共通している。

漱石はシェークスピアの『リア王』の講義では、自ら登場する幽霊の真似をして学生たちを笑わせた。

牧野は貧しい境遇を笑いに変えて

「僕のことは富士山と呼んでくれたまえ。見てのとおり、僕の上着は冬物でズボンは夏物だ。夏でも山頂に雪が残る富士山は、僕の格好そのものだろう」

と大威張りで語り、学生たちを大いに笑わせた。

さらに牧野は、一般の植物愛好家やそのタマゴのために、一般向けの植物雑誌を刊行する。

「『植物学雑誌』は学者の論文集だ。一般の人は取っ付きづらい。一般の人が楽しめる植物雑誌を作ろう」

大正五年。牧野は『植物研究雑誌』を出した。

自ら一般向けの原稿を執筆し、賛同する研究者たちにも同じような原稿を依頼した。編集作業も、全て牧野自身で行ない、さらに出版も、出版社に頼まず自らの手で出版した。これだけの経費が、三十円の月給で賄えるわけがない。借金はますます増える。それでも壽衛は

「旦那様のご納得いただけるものを作るのが、一番です」

と、牧野を大いに励まし続けた。もはや夫婦の頭からは「借金返済」の四文字は、消えていたのである。

『植物研究雑誌』は、せめて無駄な出費を出さないようにと、会費制の雑誌として出した。これだけでも、昔の牧野には考えられない慎重さである。全国の植物マニアがこ

ぞって、会員登録した。牧野は律儀に登録会員に雑誌を送り続けた。

ところが、会費の集まりが悪い。真面目に払ってくれる会員ももちろんいるが、雑誌をいったん受け取ってしまうと、あとから雑誌代を払うのが、ついつい億劫になってしまうのだろう。これもまた、人の心理と言えばそれまでかも知れない。しかし牧野の失望は、小さくなかった。

「日本中を旅して、講演会や採集会を開いてきた。参加してくれた人たちは皆、眼を輝かせて植物への興味を示してくれた。でも、僕がいなければ、その熱意も続かないのか」

実際、人間というのは、何か〝流行もの〟が目の前にあると大はしゃぎし、有名人がそばにいれば大はしゃぎする。しかし、本心からそれに熱中し続ける〝誠実さ〟は、必ずしも持ち合わせない。その場限りの熱狂で終わってしまう。

ところが、純粋な牧野には、そうした〝人の浅はかな心理〟が理解できない。彼は毎号「今度こそ」と、赤字になる雑誌を出し続け、登録会員に送り続けた。

そして、牧野と壽衛の二人がハッと気がついた時、牧野家の借金は、なんと三万円を超えていたのである。

こんにちの貨幣価値に直せば、ざっと三億円。かつて三菱財閥から受けた援助額の十五倍だ。まともに働いて返せる額ではない。

「これは、すごい額だなあ」

事ここに至って、牧野は呆然とするしかなかった。

ある日、小口の借金取りが、人足を連れてドカドカと不躾に家へ上がり込んできた。

「先生。ここまで滞納が続いちゃあ、うちもやっていけねえ。うちは先生に義援金を払ってるわけじゃねえんだ。少しでも返してもらうように差し押さえをさせてもらうよ」

またもや、差し押さえである。

しかも文机の前に座り書物を読み耽っている牧野の目の前で、だ。牧野としてはどうしようもない。声も出せない。

実際、悪いのはこちらである。ただ、家財道具が運び出されるのを横目に、牧野は読書を続けるしかなかった。

しかし、内容など全く頭に入ってこない。心臓がバクバクするのを感じるだけだ。それでも、せめて黙って読書する〝振り〟をするのが、牧野の精一杯の意地だった。

だが、牧野の懸命な〝学者の演技〟に、借金取りの人足たちは騙された。

「すげえ先生だ。これだけ周りで騒いでるのに、書物から眼を離さねえ」

人足たちは、牧野の気迫に押されたのである。

「おい。これも持っていくか」

別の人足が、書棚の前に立ち、夥しい書籍の山に手を出そうとする。

「無駄ですよ。そんな学問の書物、一銭にもなりませんよ」

壽衛は、心の動揺を隠して、きわめて落ち着いた振りをし、借金取りに強くかけた。借金取りは、書物から眼を離さない牧野の気迫に押されていたところだから、壽衛の落ち着いた言葉にも気圧(けお)されて、

「まあ、置いてくか」

と、書棚には手を出さなかった。

書棚には書物などより価値のある植物標本も、数多くしまわれている。

「なんだ、こりゃ。乾いた葉っぱじゃねえか。こんなもん、それこそ一銭にもなりゃしねえ」

植物標本をチラリと見た借金取りは、その価値が分からない。植物標本もそのまま残していった。

「ガランとしましたわね」

借金取りが帰ったあとで、壽衛はなぜかウキウキとした口調で言った。書物と標本を持っていかれなかったのが、なにより嬉しかったのである。

子供は、親の気持ちを鋭く感じ取る。母親の明るさに子供たちも喜び

「わー。広くなったー」

と、下の子たちが座敷を走り回った。上の娘たちも、不安げな様子はない。

「お米とお味噌（みそ）は持っていかなかったのね。助かったわ」

「でも、お母様。夕餉の御菜（おさい）はどうします？」

上の二人の娘たちは、どちらかと言うと壽衛似の性格である。呑気なものだ。

「大丈夫よ。帯の中に多少のおカネは隠していたから。それに、漬物壺は置いていってくれたしね」

「きっと、重かったのね」

母娘は、ケラケラと笑い合った。

この時期、壽衛が十三人の子を産みながらも六人が夭折（ようせつ）した牧野家では、三男四女の子に恵まれていた。上の娘二人は、名を香代と鶴代（つるよ）といい、年が近いせいもあって、仲がよかった。二人とも二十に近いが、出戻りである。ちなみに、末娘の玉代（たまよ）は数え七つで、鶴代と一回り違いだ。

家財道具一切が消えて文机一つ残った座敷で、家族がワイワイ楽しげに話している中、ただ独り牧野だけがすっかり落ち込んでいた。

それはそうだろう。目の前で借金取りに脅され、差し押さえを食らったことなど、壽

衛とは違って、五十四歳にして初めての体験である。

「壽衛は、若い頃からこんな想いを何度もしてきたのか」

壽衛の度胸の良さに感動するとともに、牧野はそんな思いを何度もさせてきた壽衛に、この歳になってようやく心底済まなく思った。

「もう、最後の手段しかない」

大正五年。牧野、五十四歳。〝坊っちゃん育ち〟でこれまで「身を切る」などしたことのない牧野は、ついに「身を切る一大決心」をした。

「なんですって！」

その夜、牧野の決心を聞いた壽衛は、嘘偽りのない大ショックで、思わず大声を挙げた。

植物標本を乾かすため広い座敷が必要な牧野家では、分不相応の高い家賃で大きな家を借りている。幸いにも、寝静まった子供たちには、その声は聞こえなかった。

「いけません！　それだけは」

「もう決めたことだ」

泣き叫ばんばかりに焦る壽衛を余所(よそ)に、牧野は落ち着いた口調で、諭すようにゆっくりと話を続けた。

「これまで造ってきた植物標本を、海外に売る。植物学の発達している海外なら、きっと高く売れる。借金も返せるかも知れない」

これまで造ってきた三十万点という膨大な牧野の植物標本は、明らかに世界の植物学界でもトップクラスの仕上がりなのである。牧野自身も、それだけの自負がある。そして東洋の植物研究は、ヨーロッパではまだまだ進んでいない。海外のアカデミーや植物学研究所では、喉から手が出るほど欲しくなるであろう品ばかりだ。

これを全て売り払えば、三万円の借り入れも完済できるかもしれない。

しかし、壽衛は断固反対した。

牧野が、心血注いで何十年にもわたり、造り続けてきた植物標本。

冬でも井戸の冷たい水で根っ子の先まできれいに洗い上げ、ていねいに吸水紙に挟んで、時間をじっくり掛けて仕上げる。仕上がったあとは、形をいかに美しく見せるか、紙の上で、花弁の形から茎の曲がり具合まで何度も何度も調整する。そしてようやく張り付ける。

こうして、やっとのことで標本が出来上がると、夜が明けるまで小さなランプを机の上に置き、ひたすら分厚い研究書を何冊も調べる。そして、植物の「科」からラテン語の学名まで突き止め、細かにそれを標本の紙に記す。中には、牧野が発見した新種も数多くある。牧野は、もっとも合う学名を決めるため、これまた研究書を何度もひっくり返して、さまざまな学名を確認する……。

一つ一つの標本には、それほどの牧野の努力が込められている。謂わば、学者としての牧野の生命にも等しい。

それらを手放す。壽衛はどうしても、納得できなかった。自らが貧しい牧野家を必死に守ってきた意味そのものが、全て打ち砕かれるようだった。

「後生です。それだけはおやめください。借金は所詮カネではないですか。旦那様の標本は、そんなカネなんぞには替えられない価値があります」

「しかし、仕方ないじゃないか」

「旦那様の植物標本は、私たちのもう一人の子供です。カネのために子を手放す親がおりますか」

壽衛は、あとは身も世もなく泣きじゃくるばかりである。それでも牧野の決意は揺るがなかった。

この壽衛に、これほどまでに自分と自分の仕事を愛してくれている壽衛に、果てしない苦労まで掛けて、何が学問か。それに、植物標本は消えてなくなるわけではない。世界の植物学界で立派に役に立つのだ。それもまた、学者として本望ではないか……。

牧野は、独り静かに天井を見上げて、ぐっと唇を嚙み締め、眼をつぶった。眼を開くと涙がこぼれそうだった。

　翌日から、牧野は思いつく限りの世界中の植物学研究の施設へ、書簡をつづっては送り続けた。少しでも高い買い手を見つけたかった。理科大でも、片っ端から教授連に買い手の候補を紹介してもらった。

「牧野さん。あなたが標本を手放すのですか」

　相談を受けた誰もが、異口同音に驚きの第一声を挙げた。牧野が借金を抱えていることは皆、知ってのことだ。が、牧野家がまさかそこまで追いつめられているとは、思ってもみなかった。

　一方、壽衛も必死だった。なんとか植物標本を売らなくても済むようにしたかった。イの一番に相談したのは池野である。

「奥さん、済まない。だが、牧野君が決めたことなら、僕の説得など聞くわけがない。牧野君ほど友を大切にする男はいない。けれど、牧野君ほど頑固な男もいないから……」

　池野は苦渋の眼で、壽衛のうるんだ眼を見つめた。

「さようでございますか。ご心配をお掛けして、大変に申し訳ございませんでした」

　壽衛はそれでも、取り乱すことなく礼儀を忘れず、池野に丁寧に礼を言った。

　壽衛は恥を忍んで三菱財閥へも、懇願の書簡を送った。だが、返事は来なかった。

なにしろ三万円は、でかすぎる。

「どうしたら、どうしたら……」

壽衛は手当り次第に、さまざまな人間に相談して回った。ほぼ百パーセント徒労に終わるのは、分かっている。それでも何かのきっかけで、助かる道が見つかるかも知れない、と。

なにしろ有名人の牧野のこと。こうした夫婦それぞれの動きは、なんとなく広まり、伝わっていくものだ。大学内でも、世間でも。

「あの理科大の牧野先生が、カネのためにどん底まで追いつめられているらしい」

「明日にもクビを吊(つ)るかも知れないそうだ」

と、無責任な噂さえ飛び交った。

しかし、夫婦二人の懸命な努力は、徒労に終わらなかったのである。

「東京朝日新聞」に、渡辺忠吾(わたなべちゅうご)という記者がいた。植物にも多少の興味を持っていたし、所謂(いわゆる)「大学番」で、帝大によく取材に出向いていた人物である。当然、牧野の名と功績は十分に知っている。

「あの牧野富太郎が、生活苦で植物標本を売りに出している、だと！」

渡辺はこの噂を聞くなり、スクープになると確信した。

「牧野先生。先生の貴重な植物標本をカネのために外国へ売ってしまうなど、我が大日本帝国の学界の大損失です。私はこのことを記事にしたいのですが、いかがでしょう」

「君は、私の恥を新聞に載せる気かね」

いきなり訪れて早口に捲し立てる渡辺を、初め牧野は不愉快に感じた。だが、渡辺とて敏腕の新聞記者である。さらに牧野に迫ってくる。

「そういうことではありません。先生の窮状を、我が『東京朝日』で広く訴えるのです。先生は全国に名の知られている植物学者です。きっと援助を申し出てくる読者が、数多く現れましょう。先生の植物標本を救うことが、必ずや出来ますよ」

つまりは、こんにちのクラウドファンディングのようなことを、渡辺はやろうとしていたのである。

渡辺の言葉に、牧野の心が動いた。本心では、壽衛のためにも標本を海外へなど手放したくはない。

「……では、頼もうか」

「はい！　お任せください」

渡辺は即座に記事を書き上げて、牧野の写真入りで大々的に新聞に載せた。

「篤学者の困窮を顧みず、国家的資料が流出することがあれば国辱である」

渡辺の記事は反響を呼び、方々から援助の申し出が新聞社に届いた。

「大スクープだ。大成功だ」

スクープをモノにした渡辺はご満悦であった。上司からも大いに誉められた。

ところが、このスクープを見て憤慨する人物がいた。

誰あろう、他ならぬ「大阪朝日新聞」の編集局長・鳥居素川である。

「やられた！　また『東京』に出し抜かれた」

当時「朝日新聞」は「東京」と「大阪」に分かれて、それぞれ独自の紙面を作っていた。近親憎悪と言えばオーバーだが、同じ朝日新聞社内で互いがライバル視し合っていた。

鳥居は九年ほど前、以前から狙っていた新進作家の夏目漱石を「大阪朝日新聞」に引き抜こうとした。ところが、すんでのところで「東京朝日新聞」主筆の池辺三山にかっさらわれた苦い経験が、ある。そののち、漱石は「東京朝日新聞の専属作家」として活躍する。

「牧野富太郎まで奪われてなるものか。牧野の援助者は、関西から見つけ出すんだ」

鳥居は、渡辺の記事をそのまま「大阪朝日新聞」に転載した。

これが、大きな功を奏した。

西日本から「牧野富太郎の借財を全て引き受けよう」という篤志家が、二人も現れたのである。

一人は、長州（山口県）・萩出身の大実業家である久原房之助。もう一人は、京都帝国大学の学生で大資産家の息子である池長孟である。二人ともに奇しくも、神戸住まいの人間であった。

「一度に借金がなくなるとなれば、これは先生、大助かりですよ。問題は、まずどちらにお願いするかですね」

窓口の役を買って出た渡辺は、牧野家の座敷で、二人の経歴などを説明して牧野に二択を迫った。牧野が悩みあぐねていると、横に座っていた壽衛が即座に

「池長さんという方が、よろしいでしょう」

と、答えた。

「え。なぜ」

牧野が壽衛のほうを向いて聞く。

「なぜって、久原様は実業家さんです。植物学のことがお分かりになるとは、あまり思えません。ですが池長さんは、学生さんでしょう。学問への理解が深いはずです。それに旦那様とは親子ほど離れている御方。何かと、話がし易いはずです」

「さすがは、先生の奥様。読みが深い。私も賛成です」

二人にこうも言われては、牧野も賛成せざるを得ない。

「では、そうしようか」

こうして牧野夫婦は、神戸に向かって出立した。年の瀬の大正五年十二月二十一日の

ことである。

神戸駅に着いた夫婦は、二人乗りの人力車を雇うと

「池長という家に行きたいのだが」

と、住所を書いた紙片を渡そうとした。が、地元では名士の池長家である。車夫はその紙片を見ようともせず

「へい。分かりました」

と、すぐに車を引き始めた。

「三万のカネを出してくれるというだけあって、たいした家柄だな」

牧野は感心しきりである。事前に書状で訪問を伝えていたので、着くとすぐに屋敷の応接室に通された。

「牧野先生。お待ち申しておりました」

「君が池長君ですか」

「はい。このたびは、わざわざご足労いただき恐縮です。お呼びいただければ、こちらから東京に出向いたのですが」

「助けてもらう身で、そんなことは出来ませんよ」

池長は明らかに興奮している。よほど牧野のファンと見える。

「京都帝大で学んでいるそうですね」

「はい。若輩ものの学生の身です。ですが、父が亡くなって家の資産は、僕の自由になりました。

父からは生前『資産はお国のためになることに使え』と遺言されていました。けれど、僕には、そんなことを成す力量はありません。悩みあぐねていた丁度その時『大阪朝日』で先生のことを知ったのです。

先生ほどの御方をお助け出来るなら、まさしく正真正銘お国のためになる。光栄このうえありません。これは父が天から私に与えてくれた機会なのだ、と即座に悟り、先生をお助けしようと決心いたした次第です」

「はあ、そうですか」

牧野は、相手のあまりの低姿勢と自分への敬意に、むしろ戸惑った。なにしろ、こちらは三万円ものカネを援助してもらう立場なのだ。もう少し居丈高になってくれたほうが話がし易いとさえ思った。

「とてもありがたいお話でございます。牧野の植物標本は、お国の宝。それの散失を防ぐことが出来れば、確かにお国に対する大きな貢献でございます。お父上も、さぞや草葉の陰でお喜びにございましょう」

口ごもっていた牧野をよそに、壽衞はすぐさまスラスラと池長に礼を述べた。そして、丁寧に頭を下げた。さらに池長の眼を真っ直ぐに見つめてニコリと笑った。

池長は、ますます興奮して
「奥様。お心遣いの深いお言葉、まことにありがとうございます。早速に銀行の担当の者を呼びます。ご送金はどちらの口座にすれば、よろしいのでしょうか」

と、勇んで話を進めようとする。壽衛に美しい笑顔を向けられたのも、かなり嬉しかったようだ。純な青年である。

「ちょっ、ちょっと待ってください」

あわてて牧野が口を挟んだ。話がトントン拍子に進み過ぎる。

「三万ですよ。三万。そう簡単にご融通いただくわけには、まいりません。担保のことなど、もっと丁寧にお話いたしましょう」

「そんな。担保など」

話の腰を折られて、池長のほうがうなだれた。壽衛は黙っている。

「そう。そうですな……。ただ援助いただくのではなく、池長さんに僕の植物標本を買い取っていただく、という形にしてはいかがでしょうか。あなたにお任せできるなら、僕も安心して植物標本をお渡しできます」

「なるほど。それではあらためて、すぐに先生に寄贈すればよろしいのですね」

「いや。それでは、ただご援助いただくのと同じでしょう。植物標本は、神戸で保管いただけませんか」

「はあ……。先生が、そのほうがいい、とおっしゃるなら」

池長は、ただ牧野に三万円のカネを渡したいだけなのである。貴重な植物標本を預かるのは、かえって荷が重い。とは言え、父親ほどの歳の牧野にそうまで言われては、牧野の顔を潰すわけにもいかない。

「あのお……。でしたら、先生の植物標本を管理する研究所を建てることにいたします。それで先生には、月に一度くらい、その研究所にいらしていただいて、標本の状態を確認していただけませんか。

どうにも僕だけでは、荷が重いのです。さりとて、先生の植物標本を完璧に管理できる人間など、この神戸にはおりません」

自分の植物標本を管理するためだけに？

研究所を建てる？

この青年はいったいどれほどの資産を持っているのだ……。

牧野は、驚くより先に呆れ返った。カネは、あるところにはあるものだなあ、と。

「もちろん東京と神戸のあいだの旅費は、こちらで負担させていただきます。

それから、ですね。あのお……。たいへんに僭越なのですが、それとは別に、しばらくのあいだ先生のご研究のため月々幾らかご送金させていただけませんか」

池長は、言いづらそうにモジモジしながらも、こんな提案までしてきた。

「いや、そこまでは」

牧野が断ろうとした刹那、それを遮るようにして壽衛が

「本当にありがたいお話です。感謝してもし切れません。どうかよろしくお願いいたします」

と、アッサリ池長の厚意を受け入れた。牧野は、啞然とするばかりである。

初めこそ挨拶程度のつもりで来た神戸だった。が、こうしてわずか一回の訪問で、話は大抵ついてしまった。池長はさまざまな神戸土産を渡して、二人を屋敷の玄関まで見送った。

帰りの汽車の中で、牧野は黙って、ただボオッとしていた。話がうまく進み過ぎて、かえって不思議な感覚だった。まるでフワフワした雲の上にいるようだ。

「よろしかったですね。旦那様」

壽衛は落ち着いたものである。ニコニコして、牧野に話しかけた。

「本当に、こんなにうまく行って良かったのかな。なにしろ三万円だよ。三万円」

牧野はまだ、金額の大きさに震撼している。

「大丈夫ですよ。あの御方なら信頼できます。心変わりなど、なさらないでしょう」

「なぜ、そんなに自信たっぷりに言えるんだい」

「だって、あの方の眼は、旦那様そっくりでしたもの。きっとご性格も旦那様に似てお

られます」

「へえ。どんなところが」

「おカネに全く執着しないところです」

壽衛はクスクスと笑った。

東京に帰ってから、壽衛はすぐに銀行の口座を作った。そして池長に書簡で伝えた。

すると、数日と経たずに口座に三万円が振り込まれた。日を同じくして電報が届いた。

「ヒョウホンノダイキン、サキバライイタシマシタ」

池長からのものである。

壽衛はすぐに牧野を急かせて、植物標本を神戸へ送るよう促した。牧野は言われるままに、一点一点の標本を丁寧に包んで、少しずつまとめては、送付をし続けた。

一方、壽衛は借金先を駆け回り、借金を全て返済した。

そのあとで、新しい家財道具も買い揃えた。池長の援助金のおかげである。

「ようやく借金から解放されましたね」

壽衛は、淡々とした口調で牧野に話しかけた。その口振りに浮かれた感じはない。

当面のあいだは、これで何とかなるだろう。しかし、牧野のこと。またもや採集旅行や書籍の発行で、カネを使い続けるに違いない。五十を過ぎて、なお壮健な牧野である。

研究へのエネルギーは、全く衰えていないのだ。

「少しでも余裕のある今のうちに、何とか準備しておかなければ」

壽衛は、独り考えた。

ちなみに、池長は約束どおり「池長植物研究所」という名で研究所を建てた。ここで保管された植物標本が牧野の元に返されたのは、昭和十六年。東京に「牧野植物標品館」が建てられた時である。じつに約二十五年ぶりのことで、七十九歳になっていた牧野は

「子供たちが帰ってきた」

と、大喜びしたという。

片や、池長は「池長植物研究所」のほかに美術館も建て、神戸の美術教育に大きな貢献をした。戯曲も自ら執筆し、幾つかの作品を残した。学問・芸術に力を尽くした生涯で、昭和三十年に没した。享年、六十四であった。

第八章　待合い「いまむら」

池長からの月々の援助と三十円の月給のおかげで、牧野の研究生活にはゆとりが生まれた。このまま堅実に学究生活を過ごせば、大過なく日々を送れたはずである。ところが、牧野には、そんな堅実な発想がない。あの「植物標本売却の辛さ」の思い出も、どこへやら。またもや湯水の如くカネを使い続けて研究に没頭した。

五十代の牧野のおもな仕事は、自らの研究を深めることと、次世代に植物学研究の深さや楽しさを伝えることであった。

理科大での講師生活では、日曜ごとに学生たちを引き連れて日帰りの採集旅行に出かける。大正年間、まだまだ東京の中心地を少し離れれば、自然が多く残っていた時代である。

牧野自身が、なにしろ本物の植物を触り見つめるのが、この歳になってなおも大好きである。すでに発表した論文や『大日本植物志』でとっくに調べ尽くした植物でも、ちょっと興味のあるものなら、きれいに掘り出して空に掲げ、いつまでも楽しそうに見つめ続ける。誰かが声を掛けなければ、それこそ一日中でもそうしているかのようだ。

「おい。牧野先生、まただ」

「僕は、この植物の花弁について聞きたいのだが……」

学生が恐る恐る牧野に声を掛ける。

「あのお、先生」

「あ。お、おう。何かね」

牧野は、夢から覚めたようにハッとして、学生のほうを向く。

「この花弁、ほかのものより色が鮮やかですが、何か理由があるのですか」

「虫を引き寄せるためだよ。この花は、発育が他の植物より遅い。だから、より多くの花粉を雌蕊(めしべ)を持つ花まで虫に運ばせて、子孫を確実に残すのだ」

「虫に、色が分かるのですか」

「虫をバカにしてはいけない。彼らの視覚は、むしろ犬や猫より、ある意味において優秀だ」

こうして一つきっかけが出来ると、話は次から次へと広がり、一時間やそこらは延々と植物学の野外講義が続く。牧野は話し好きで話上手だから、ほかの学生たちも集まって、熱心に牧野の話を聞く。大抵の学生はこうなることを予測しているので、採集旅行とは言え、ノートとペンとインク壺を必ず持参していて、熱心にメモを取る。中には、当時まだ高級品の万年筆を持参している者もいた。こういう時のために無理をして購入したのだ。

「もう夕暮れだな。諸君、街へ戻ろう」

牧野がこう声を掛けると、学生たちは困惑の顔で互いを見つめ合う。

「おい、どうする。今日は断りたいのだが」

「先生が『このまま帰る』と言ってくれれば、それが何よりなのだけれど……」

学生たちの不安むなしく、街へ戻った牧野は元気いっぱいで

「諸君。腹が空(す)いたろう。食事していこう」

と、学生たちの返事も聞かず、高級牛鍋屋の暖簾をくぐる。大座敷に向かうと、お運びの娘に

「大鍋を三つと、牛肉をジャンジャン持ってきてくれたまえ」

と、躊躇なく声を挙げる。

学生たちは、これが困るのだ。

腹は無論、空いている。若い学生たちのこと。牛肉も大好物である。

だが、牧野は支払いを、学生たちにビタ一文払わせない。全て牧野持ちである。これが、学生たちには申し訳なくもあり、なにより牧野の懐を心配しているのだ。

少しでも支払いを抑えようと、学生たちが初め、遠慮しながら食べていると、

「おい。若い者が、そんな小娘のような食べ方でどうする。もっとドンドン食べて体力を付けなければ、学問は出来んぞ」

と、学生たちの気遣いなどには全く意に介することなく、半ば強引に食べさせる。

「僕は呑まないが、酒が欲しい者も居るよな」

と、お銚子やビールもドシドシ運ばせる。目の前に大量の牛肉と酒を並べられて、学生たちも終いには
「ええい。ままよ」

とばかりに、結局は腹いっぱい食ってしまう。ようやく全員が満腹になったところで
「おおい。勘定を頼む」

と、牧野は膨れた腹をさすりながら、大声を挙げる。胃もたれなどは全くない様子だ。

「先生。ご馳走様でした」

「気にしないでくれたまえ。次は、ステーキか鰻の蒲焼きだな。では、諸君。また大学で会おう」

牧野は上機嫌で、鼻歌を唄いながら帰っていく。今日の楽しかった採集の様子を壽衛に土産話として聞かせるのが、今から楽しみなのだ。

「おい。今日の払い、先生の俸給一月の半分くらいだったんじゃないか」

「こう毎回、僕らに食わしていたら、先生、また借金生活に逆戻りだぞ」

学生たちは、牧野の後ろ姿を見送りながら、ありがたく思うより先に済まない気持ちでいっぱいとなり、気まずく帰路に就くのだ。

しかし、当の牧野はまるで気にしていなかった。

学生を引き連れての日帰り採集旅行にしろ、同好会の実地研修にしろ、その日になると壽衛は、朝早くに牧野の紙入れへ分厚い札束を突っ込んで、あとは知らぬ振りである。おかげで牧野は、出かける時はいつでも紙入れに〝なぜか〟札束が入っている、と思い込んでいる。だから、どんな食事屋に入っても、全く平気なのである。

牧野はまた、全国の植物愛好家のためにと、次々と書籍を出版した。中でも『植物学講義』全七巻は、会心の出来であった。

「壽衛。僕は、もっともっと書籍を出すよ。僕の研究成果を、後世のこの国の人たちに残していくんだ」

「すばらしいお考えです。私も出来る限りのお手伝いをいたします」

「君のその言葉さえあれば、僕は幾らでも原稿を書ける。歳なんざ関係ないさ」

そう励ましつつも、壽衛は無論、家計の心配を忘れていない。

最近は牧野の名声もますます上がっているおかげで、書籍の企画も出版社へ持ち込めば、どこかが出してくれる。昔のように「全額自費の出版」とまでは、ならない。だが、所詮は読者の少ない専門書である。大して売れるわけもなく、出版社も慎重に部数を抑えるから、牧野の手に入る印税もわずかだ。出版と大学の月給だけで、食べていけるわけもない。

くわえて、牧野の日頃の態度にも、大きな問題があった。

大恩人の池長の頼みも忘れて「月に一回の神戸往き」さえ、たびたびスッぽかすのである。牧野は、採集旅行や原稿の執筆のほうを優先して、神戸往きを後回しにしてしまう。結果、神戸往きを断念してしまう。

確かに「月一の神戸往き」は、飽く迄も口約束だけで、契約の類を記した書面などは取り交わしていない。だが、だからこそ、あとは「人と人との誠意の問題」であろう。牧野は、研究や原稿のためなら、それを平然と無視するのだ。これは、どう考えても〝社会通念〟上として牧野が悪い。

そのたびに、壽衛は月末になると池長に詫び状を送る。牧野の研究も原稿執筆も、まともな言い訳にはならない。壽衛は、ひたすら謝るのみである。

神戸の池長のほうも、いい加減ウンザリしていた。東京から書簡が届いても、差出人が壽衛だと、

「また奥様からか」

とガッカリして、ろくに封も切らない。池長としては、せめて牧野本人から詫び状を

もらいたいのである。

牧野から受け取った、池長としては「預かった」つもりの植物標本は、すべて「池長植物研究所」に保管している。当の「池長植物研究所」は、突貫工事で仕上げて大正七年に、とっくに竣工しているのだ。

池長は当初、この研究所に牧野の貴重な植物標本を展示して関西の植物愛好家に見てもらおうと画策し、ウキウキしていた。なのに、肝心の監修者である牧野が来てくれないことには、展示のしようがない。万が一にも展示品の選択や展示方法を誤って標本を駄目にしてしまっては、それこそ国家の宝の大損失である。三万ものカネを出した意味が台無しになってしまう。

かくして「池長植物研究所」は、いつまで経っても、ただの保管倉庫扱いなのである。

こうなるとやがて、池長は牧野から馬鹿にされているような気さえ、し出してきた。牧野に限って、そんな邪心がないことは信じたい。それでも、人の心というのは、裏切られ続けると、そうした疑念を持つものだ。

「牧野先生は、人というより『植物の妖怪』なのだなあ」

結論として、池長はそう考えるしかなかった。

片や、東京の壽衞のほうも、気が気ではなかった。

池長と交した援助金の約束は、飽く迄も「当分のあいだ」とのことなのである。つまりは、いつ打ち切られても、こちらとしては何の文句も言えないのだ。

実際、銀行の口座を見に行っても池長からの送金が確認できないことが、たびたびあった。送金がかなり遅れてから振り込まれたり、ずっと送金のないまま、あとになって数カ月分をまとめて振り込まれていたりすることが、あるのだ。そんな折には、銀行の窓口で銀行員に気恥ずかしい思いをすることが、しょっちゅうである。

それ以上に、そのたび壽衞は「池長の苛立ち」を感じ取って、ひたすら申し訳なく思う。おそらくは自分の詫び状なども何の役にもたっていまい、と察して、ますます不安になる。

じつのところ、池長家も以前ほどには、余裕がなくなっていたのである。

池長は、京都帝大卒業後、美術品の収集に力を入れていた。美術品なら、誰の助けを得なくとも美術館が建てられる。――という目論見だ。また前述どおり戯曲も書いていた。が、如何せん、やはりプロレベルの才能はない。書いた戯曲が現実に演劇化されて大入り満員になる、などということは、夢のまた夢であった。

元より壽衞は、そんな事情は知らない。それでも、いつ池長からの援助が打ち切られても何とかなるように、と密かに少しずつ貯えを続けていた。

まずは、大正五年に池長から三万の大金を受け取った壽衞は、すぐさま返済に廻ったが、それでも堂々と借金を返しに行くことはしなかった。借金取りに低姿勢でひたすら頼み込んで、利子を負けてもらっていた。

「なにしろ元本だけはお返しできるようになったのですけれど、そうそう、ゆとりがなくて……」

借金取りとしても壽衛にこう泣きつかれては、情にほだされる。それに、伸ばしに伸ばされていた貸し付けの元本だけは、返ってくるのだ。利子を取らないのは金貸しには本来あり得ざるべきことなのに、元本だけでも返されてありがたいと〝勘違い〟してしまう。

「では、利子を少し勉強しますよ」

と、かくして、まんまと壽衛の作戦に乗ってしまうわけだ。

池長からの援助は、もちろん利子分も乗せてのことだから、これで幾許かのカネが壽衛の懐に残るという寸法である。

生活の切り詰め振りも、以前とそう変わらなかった。食べ盛りの少年である息子たちには決してひもじい思いはさせなかったけれど、それでも外食などの贅沢はしない。買い物に行けば、徹底的に、それこそ十銭でも一銭でも値切る。

この点は〝昔取った杵柄〟である。相変わらず、値切りは上手い。二人の上の娘は、一緒に買い物に出かけることがあるたびに、壽衛の口八丁手八丁、手練手管を見ては

「お母様。すごいわねえ」

と、ひたすら感心する。

「こんなこと、覚えずに済むなら覚えなくてもいいのよ」

と、それでも壽衞は、この値切りのテクニックだけは、娘たちに教えなかった。

「こんな買い物の仕方は、武家の妻女がするべきことではないのです」

壽衞は、大正時代になってなお、武家の出であることを心密かに誇っていたのだ。

こうして数年。

「ついに貯まった」

壽衞は生活費のほかに、自由に使えるカネとして、かなりの額を貯めこんだ。まさしく「塵（ちり）も積もれば山となる」である。

「これを元手に、儲かる商いをしよう。それなら旦那様の研究費も賄える」

では何を商えば、いいのか。実家で商っていた菓子屋などを開いてチマチマ稼いでいても、奔放なカネ遣いの牧野には「焼け石に水」である。

この頃、牧野家は渋谷に家を借りていた。渋谷近辺は当時、実業家や政治家、さらには軍人や帝大の教授たちなどが出入りする店、当時の言葉で言う「待合い茶屋」が軒を連ねていた。

「待合い茶屋」略して「待合い」は、早い話、個室の「貸座業」である。実業家の商談や政治家の密談の場所として重宝されていて、当時の東京には千五百軒前後の「待合い」が軒を連ねていた。

「待合い」の従業員は、何より「口が固い」のが大前提で、客同士の話は耳に入れても絶対に外にもらさない。この不文律があったから、多くの地位ある客が安心して利用していたのである。

渋谷には「荒木山（あらきやま）」という場所があり、当時は東京の「待合い」のメッカだった。

壽衞は、いろいろ考えあぐねた挙げ句

「『待合い』をやろう」

と、思いついた。

「待合い」は、上客さえ付けば、たいへんな儲けになる。当時は規制もだいぶ緩んでいて、「芸妓置屋（げいぎおきや）」つまり芸者の出張所から芸妓を呼ぶことも、なんとなく許されていた。こうなれば、所謂「酒と女」の店として、幾らでもカネ廻りのいい男性客が寄ってくる。とにかく利益率が高いのだ。

しかしお堅い家の妻女だったら、まず思いつかない商いであろう。けれど壽衞は、少女時代から京都出の母親より踊りや唄を習っていた。そんな環境だったので「待合い」に出入りする芸妓にも可愛がられていた。壽衞に「待合い」業への偏見などは、全くなかった。

それでも、新しく「待合い」を開くとなると、小うるさい警察の許可が要る。新たに建てるとなればカネも掛かる。壽衞は忙しい合間をぬって荒木山を足繁く訪れ、商いを畳む予定の「待合い」を根気よく探し続けた。

店の権利をそのまま譲ってもらおうという考えである。おかげで、良い店が見つかった。そこの女将が、だいぶ歳を取ったので隠居するというのだ。

「こちらのお店、まるごと譲ってはいただけませんか。きっと大切にいたします」

いきなり飛び込んできた壽衞に、女将は当初は怪訝な目を向けた。それでも壽衞は根気強く通い続け、女将と世間話などをしているうちに、女将は壽衞と打ち解けた。やがて、壽衞をすっかり信用した。

「あなたになら、この店、譲りましょう」

こうして壽衞は、段取りをすっかり整えてから牧野に相談を持ちかけたのである。

「旦那様。私、『待合い』を商おうと思うのです。どうか、お許しください」

「『待合い』? 『待合い』って芸者を呼んでドンチャン騒ぎする店だろう。芸者やら料理人やら雇うから、だいぶカネが掛かるんじゃないのかい。そんなカネ、我が家に残っているのかね」

さすがの牧野も、自分のカネ遣いのために家計がだいぶ苦しくなっているのは、薄々分かっている。まずはカネの心配をした。

壽衞は真剣に心配する牧野の顔を見て、おかしくもあり、嬉しくもあった。

やれやれ。このお人は、日本最高学府の帝大にまで勤めて、しかも六十近くにまでなって、それでも「待合い」などとは全く縁のない人生を送ってきたのだなあ。本当に、少年と変わらぬ純な人なのだなあ。――と。

「いえ、旦那様。『待合い』では料理は作りませんよ。近場の料理屋から、料理と酒の仕出しを頼むのです。お客様には、その料理と酒に、さらにお代を上乗せしてお出しします。ですから、元手要らずで儲かる仕組みです。芸妓の方も、芸妓置屋から、頼んで来ていただくのです。ですから『吉原』などと違って、芸妓をいつでも置いておくわけではありません。それほどおカネは掛かりませんで」

「へえ。そんな仕組みなのか。でも、店の建物はどうするんだね」

「畳む予定のお店を、安く譲っていただきました。そのくらいの貯えは、ありましたので」

「いや、まいった。壽衞は本当に商いの才があるね。僕みたいな金遣いの荒い男と一緒にならなければ、今頃は大日本帝国でも珍しい女の大実業家にでも、なっていたのじゃないのかい」

牧野は、大いに誉めたつもりだった。しかし、この言葉に壽衛はムッとした。

「私が、金儲けに腐心するのは、全て旦那様の研究費用のためです。旦那様がいらっしゃらなければ、そもそも私は、商いなんぞは、いたしません」

壽衛としては、武家の出の誇りを持っているのに「商人の娘」扱いされたようで、少々不快だったのだ。複雑な女心である。

「分かってる、分かってるよ。本当に僕は、壽衛には頭が上がらないよ」

夫婦はようやく笑顔を交した。

壽衛は、店の名を『いまむら』と名付けた。

『いまむら』は小さな店ながら、大繁盛した。

まず、料理が旨い。

なにしろ京都出の母親に、十代の頃まで舌を仕込まれ、壽衛の舌はすっかり肥えている。牧野と一緒になってからは贅沢など全くせずに来たが、料理の目利きは、子供の頃に十分に培ってきた。それも、野暮な江戸前料理などとは比べものにならない、本場物の京料理である。

壽衛は店近くの仕出し屋を開業前に丹念に廻り、もっとも旨い仕出し屋を探し当てた。

その分、確かに値が張る。けれど、大正前半の頃は国の景気が良かったから、客は『いまむら』の料理に舌鼓を打ち、高い料理代を気前良く払っていく。それで十分に儲けが出た。

さらに、良い芸妓が『いまむら』には、よく通ってきてくれた。

座敷の仕事が終わると壽衛は芸妓に

「本当にありがとうございました」

と、心から礼を言う。そして、置屋の正規の払い以外に、そっと心付けを包んだ紙を、芸妓たちの袖に入れる。

中には律儀に断る芸妓もいるが

「おアシ代ですから」

と、にこやかに、返してくるのを受け取らない。これが芸妓たちに評判となって

「『いまむら』の女将は本当に優しいわ」

と、『いまむら』から出張の頼みが来るなり、良い芸妓が競って『いまむら』に来たがる。客としては、いつ『いまむら』に行っても芸妓に〝外れ〟がないから、安心して通ってくるのだ。

そして何より、女将である壽衛の愛想の良さが、店の最大の売りだった。

壽衛は、十五で牧野と一緒になってこの方、薄化粧は時折したが、本格的な化粧はし

たことがない。そこで、よく通ってきてくれる品格のある芸妓に〝授業料〟を支払って、「『待合い』の女将にふさわしい化粧」を習った。

　さすがに壽衞は、学ぶことの吸収が早い。たちまち独りで立派な化粧が出来る腕になった。元もと目鼻立ちがいいし、いつも微笑を浮かべているので、四十代半ばを過ぎてなお、化粧を施した顔は美しい。『いまむら』には、ファンの客がたくさん付いた。

「今日は、女将はいないのかい」

　と、ファンの客は料理を運んでくるお運びの娘に、しきりに聞いてくる。

　毎日のように牧野と夕餉のあとに楽しく会話している壽衞である。聞き上手で話上手だ。客のくだらない自慢話にも、全く笑顔を絶やさず

「まあ。すばらしい。さすがはお客様ですわねぇ」

　と、心から感心したように〝演技〟して、客を喜ばせる。話が途切れれば、すかさず「待合い」ならではの興味深い話をする。とは言え、客の個人情報は絶対部外秘である。それで、芸妓や仕出し屋の料理人から聞いた取り留めのない話をする。そうした話を仕込んでおくために、壽衞はふだんから余念がないのだ。

　さらには、たまに客が酔っ払って下ネタを振ってきても、きれいに返す。客は、ますますファンになる。

「女将。一節（ひとふし）、聞かせてくれよ」

たまに、こんなことを頼んでくる客も居る。壽衛はすかさず待機していた老いている芸妓を部屋から呼んで、三味線を奏でてもらう。

年老いた芸妓は置屋にいても暇を弄ぶばかりだから、早い時間に『いまむら』に呼ばれているのは、置屋で気まずい思いをしながらずっと座っているより、よほど気が楽だ。さらには、心付けがもらえるし、ちょくちょく三味線の披露もできるので、大歓迎なのである。

三味線に合わせて唄を歌い、頼まれれば踊りも披露する。なにしろ少女時代に習ったきりなので、本場の京都の芸者が見たら素人芸みたいなものであろう。けれど、東京の「待合い」通いの客にそんな〝通〟はめったにいないし、ひたすら壽衛の声が聞きたい、踊りが観たいだけだから、それでも大満足なのである。

かくして『いまむら』は、日銭がドシドシ入ってくる。けれど、壽衛はいろいろな支払いを済ませたあとの残りは、決して無駄遣いしない。半分は、牧野の研究資金である。そして、もう半分はひたすら貯えに回す。

じつは、壽衛にはひそかな「第二の計画」があったのだ。

こうして日々が過ぎていった。

ある夜のことである。池野と牧野が荒木山を訪れた。

先を行くのは池野で、楽しそうに堂々と闊歩する。うしろから付いてくる牧野は、身体を前屈みにしてキョロキョロと辺りを見回し、いかにも不安げだ。

「牧野君。何を心配しとるのかね」

「僕は、荒木山は初めてだから……」

「六十過ぎの男が言う台詞かね」

池野は牧野をからかいながら、

「おう。ここだ」

と、『いまむら』の暖簾をくぐった。

「予約しておいた池野だが」

池野が玄関先で挨拶すると、すぐに下働きの娘が

「お待ち申しておりました」

と、きれいな水を張った桶を運んできて、丁寧に二人の靴と靴下を脱がすと、桶の水で足を洗ってくれた。

「では、こちらへ」

二人が通されたのは、ほかの部屋よりだいぶ離れた小さな奥座敷である。

「『待合い』は、こんなことまでしてくれるのか」

牧野は座敷に座るや、きれいに洗われた足をしげしげと見つめて、ひたすら感心した。

「まあ、今日の僕らは特別待遇だからな」

池野は平然としたものである。

やがて盆に乗せたお手拭きと、二膳の食事が運ばれてきた。吸い物と、小鉢には里芋の煮っ転がしがきれいに飾られて入っている。それに長方形の上品な皿に乗せた料理が二品。パッと見「待合い」の料理にしては華がない。

よく見れば、鰻の蒲焼きと、甘いソースを掛けた牛のステーキである。牧野は思わずゴクリと喉を鳴らした。いずれも牧野の大好物だ。

そのあとで、お銚子が二本、運ばれてきた。牧野は酒は一滴も呑めないから、これには少し閉口した。

そのあと、すぐに障子が静かに開いて

「ようこそお出でくださいました。当店の女将にございます」

と、壽衞が入ってくる。

美しく化粧をほどこし、ピンク地に鮮やかな花模様の着物を着て、ふだんとは見違えるようだ。牧野は呆然と口を開けたまま、その姿に見入ってしまった。

「さあ、さあ。まずは一献」

壽衞は正座のまま牧野に擦り寄ってきて、銚子を猪口(ちょこ)に傾けた。牧野はやや困りながらも、猪口を見ると、清酒とは似ても似つかない白い色である。

「ドブロクかな」

牧野は猪口を、鼻に近づけた。なんとも甘い良い香りだ。甘酒である。

牧野は、グイと一息に飲み干した。旨い。

「良い呑みっぷりにございますわねえ」

壽衞は、軽く手を叩いた。

そのあと、膳の食事を食べながら、池野が壽衞に話しかけた。

「女将。こちらの御方はねぇ、大日本帝国指折りの、大植物学者なんだ。その研究は海外にまで知られていて、もはや日本一と評しても過言ではない方なんだよ」

池野は、飽く迄も客の体（てい）で、壽衞に説明した。壽衞も初めて聞いたごとく
「まあ。そのようなお偉い方に店に来ていただけるとは、『いまむら』最高の名誉にございますわ」

と、わざとらしく大喜びして見せた。牧野ばかりが、顔を赤くして下を向くばかりである。

三人で少し雑談を交わしたあと、壽衞は
「一節、唄いましょう」

と、三味線を携えた老芸妓を呼んだ。

「何かの都都逸（どどいつ）でも、唄うのかな」

と、牧野が耳をそばだてると、

「土佐ぁのお、高知の、はりまやばぁしで……」

牧野の郷里である土佐の「よさこい節」である。なんとも懐かしい。牧野は涙が出そうになった。池野は手拍子を叩いて
「よさこい、よさこい」

と、調子を合わせる。牧野は懐かしくて仕方がない。

「壽衛は、僕を楽しませようと、いろいろ苦心してくれているのだな」

牧野は感激のあまり、ついに涙が抑え切れなくなった。

二時間ほど楽しく過ごしてから、壽衛は奥に引き返し、下働きの娘が請求書を池野の脇に置いた。牧野が覗き込むと「二十銭」としか、書いていない。こんにちの二千円ほどである。

「こんなに安いのか！」

牧野がまともに驚くと、池野は
「まあまあ。今日の僕らは特別待遇だから」

と、十銭銅貨を二枚、請求書の上に置いた。そして、一円札を包んだ半紙を下働きの娘の袖に、そっと忍ばせた。

「いけません。女将さんに叱られます」

娘はあわてて返そうとしたが

「まあまあ。黙っていれば構わないって」

と、優しく娘の手の甲を撫でた。娘もそれっきり返そうとせず、小さな声で

「ありがとうございます」

と、礼を言った。

帰る道々、池野は上機嫌で

「どうだったかね。初めての『待合い』は」

と牧野に聞く。牧野は

「壽衛は、すごいなあ」

と小声でもらした。池野は

「女将さん、きれいだったな」

と言って、大笑いした。

翌日の朝餉の時、壽衛は茶碗に飯を盛りながら

「いかがでした。昨夜の池野さんとのお出かけは」

と聞いた。

「うん。すごく楽しかった」

牧野が笑顔で答えると壽衛は

「それはよろしゅうございました」

とだけ答えた。

「ねえねえ。お父様。どこに行ったの」

息子が、不思議そうに尋ねる。

「浅草の花屋敷みたいな所さ」

「ええ。いいなあ。今度は僕たちも連れていってよ」

「よしよし。皆で行こう。凌雲閣(りょううんかく)のエレベータに皆で乗ろう」

「やったあ！」

浅草凌雲閣は、明治二十三年に竣工。日本初のエレベータを完備した展望台として、長く人々に親しまれた。「浅草十二階」とも呼ばれていた。

また、この頃には、前述のとおり牧野家は七人の子供を養っていた。十三人の子を産んだ壽衛ではあったが、長女の園子を初めとして六人もの子を亡くしていたのだ。牧野家の粗末な仏壇には、その六人の位牌が並べられている。

とは言え、子供七人は多い。

上から、香代、鶴代、男子の春世(はろよ)、百世(ももよ)、勝世(かつよ)、そして女子の已代(かよ)、玉代である。四女三男の大所帯だ。

皆、壽衛の教育のおかげで、明るい子ばかりだったし、何より誰もが父親の牧野を心から尊敬していた。おかげで牧野家は、いつも賑（にぎ）やかだった。牧野も壽衛も、心から家族の幸福を毎日、嚙み締めていた。

こうして、さらに月日が流れた。

その日は、いきなりやってきた。

大正十二年九月一日。午前十一時五十八分。

この日は大学の講義はない。牧野は書斎で一人、読書に耽っていた。

その時、いきなりドーンという、とてつもない地響きが鳴り、家中が激しく揺れ出した。文机の前に座っていた牧野は、下から何度も突き上げられるような感触に襲われ、内臓と身体がバラバラになりそうだった。

「関東大震災」である。

牧野は必死で、文机の上のランプを消した。そのあいだも揺れは激しくなり、指がうまく動かせない。台所のほうからは、ガシャンガシャンという、けたたましい音がいつまでも響き続ける。棚の食器が片っ端から、落ちて割れているのだ。襖はひしゃげ、障子は次々とガタガタ外れて、障子紙が無惨に破れていく。

書棚の書籍も、何冊も崩れ落ちた。牧野は、書棚の上の段に並べられている植物標本だけは。――と、書棚の前で懸命に標本を押さえた。

神戸の「池長植物研究所」に預けている標本のほかに、牧野はすでに二万点近くの標本を作成していたのである。

「こ、これは、徳川時代の『安政の大地震』以来じゃないか」

江戸時代後期、安政二年に江戸を襲った大地震は、大正時代にも語り継がれている。

やがて少し揺れが弱まると、壽衛が子供たちを連れて、書斎に走ってきた。しかし小さな揺れが続き、壽衛の足元は危なっかしい。下の子供たちだけは、なんとか抱きかかえて書斎に入った。

「旦那様！　御無事ですか」

「うん。そちらこそ大丈夫かね」

「運良く、皆助かりました。なんという揺れだったのでしょう」

「全く運が良かった。標本も無事だ」

牧野は、こんな時でも植物標本である。

「大きな地震というのは『余震』と言って日を待たずに、また襲ってくることが多いんだ。今晩は危険だ。家が潰れるやも知れない。

皆、庭に筵を敷いて、そこで夜を明かすんだ。九月とは言え、朝方は冷える。布団を庭へ運び出そう」

「また揺れが来るのですか」

「その可能性は、大いにある。過去の歴史でも、そうだった」

牧野は、植物学の余技として、さまざまなジャンルの学術文献に、ふだんから眼を通している。全く「探求心の塊」らしい。

牧野の指示によって家族総出で、庭で一晩を明かす用意をした。庭に出ると、瓦が何枚か落ちて割れている。大きな損害は、それだけだ。

「なんと運の良い。この借家は、思いのほか頑丈だったのか……」

筵を敷くと、無事だった七輪を運び出して、雑炊を煮た。陶器製の食器は全滅だから、木製の椀を運び出して、井戸で洗った。井戸の水も運良く濁ってはいなかった。

夕暮れになって筵の上で家族が丸くなっていると、牧野だけが家に入っていった。

「旦那様！　何をなさるおつもりですか」

「こんな大地震は、生涯に二度と体験できないだろう。僕は家の中で、余震の揺れをとくと実感するつもりだ」

牧野は笑顔である。だが、それは明らかに〝作り笑顔〟であった。

牧野はどうしても、植物標本の近くにいたかった。全ての標本を守りたかった。

「ですが、もし家が潰れてしまったら……」

「昼間の地震でビクともしなかった家だ。きっと大丈夫だよ」

確たる根拠はない。それでも、牧野は標本のそばで一晩を明かすつもりだった。

幸い、牧野家の近所は大きな余震に見舞われることは、なかった。米櫃と味噌樽もひっくり返っていたが、しっかり蓋を閉めていたので中身は無事である。このへんは、ふだんから慎重な壽衛の手柄だ。牧野家は、味噌だけの雑炊を朝、皆で食べた。

そこへ、池野があわてて走ってきた。

「牧野君。無事か」

池野は、牧野初め家族皆が庭の筵に座っているのと、家が数枚の瓦が落ちているだけで無事に建っているのを見て、一気に身体の力が抜けた。ヘナヘナと庭に座り込んだ。

「池野君。君こそ、無事で良かった」

「ああ。なんとか生命だけは永らえたよ。それより東京の中心街は、ひどいことになっている。人もたくさん死んだ」

「大学が心配だな。二人で見に行こう」

池野は、勧められて味噌だけの雑炊を二膳平らげた。

「生き返りましたよ、奥さん。昨日の昼から何も食べていないもんで」

と、礼を言い、牧野と二人で大学に向かった。

この四年前の大正八年。帝国大学は「分科大学制」を廃止して「学部制」に移行している。つまり、牧野は「東京帝国大学理学部」の職員に、スライド再就職していたのである。

東京の街を見た牧野は愕然とした。

「こ、これが、帝都・東京なのか」

あちらこちらの家が潰れている。そして、街中が大火災に見舞われ、火がまだ燻っている。黒焦げの匂い。よく見れば、あちこちに焼死体が転がっている。

「時間が悪かった。地震の起きたのは、昼の少し前。大抵の家が、昼食の支度をしていた。七輪は転がり、かまどの火は飛び火し、東京が大火災になったんだ」

池野は淡々と説明する。しかし牧野は、目の前の惨状に気圧されて、池野の話の半分も耳に入ってこなかった。

「『凌雲閣』も倒れたそうだ」

「え。『浅草十二階』が……」

子供たちと近々出かけよう、と約束した建物である。牧野はこの時、この震災で、はっきりと〝悔しさ〟を実感した。

あちこちで、東京府の役人たちが火災現場を調べている。雇われの人足たちが、焼死体を大八車に無造作に積み込んでいる。

そんな中で、土を採集したり地面の隆起を計ったりと、一種奇妙な調べ物をしている一団が、あった。

「おや。あれは……」

池野は目を細めて、その一団を懸命に見つめた。

池野の専攻は、同じ植物学でも「植物形態学」である。牧野の「植物分類学」とは、少し毛色が違う。彼は、このジャンルの日本のパイオニアなのだが、若い頃から毎日顕微鏡を覗いているせいで、すっかり眼が悪くなっている。

すると、池野が判別する前に、相手がこちらに気づいて駆け寄ってきた。

「池野先生ではありませんか」

寄ってきた相手は、細身の身体にダンディな細いカイゼル髭（ひげ）。足元こそ頑丈な軍靴だが、服は洒落（しゃれ）たスーツだ。なんともスマートな容姿である。

この男、寺田寅彦（てらだとらひこ）だった。

寺田寅彦。日本近代を代表する物理学者である。生まれは明治十一年だから、この年、四十五歳。牧野が六十一歳で、池野が五十七歳なので、ずいぶんと歳が離れている。

「そちらは、牧野先生ですね。初めまして。寺田と申します」

寅彦はじつは、高知の出身だ。つまりは牧野と同郷なのだ。しかし、そんな呑気な話をする雰囲気ではない。

「寺田さんは、何をなさっているのです」

「地震の仕組みを調べているのです。あちこちの土を標本として集めたり、あちこちの土の隆起を調べています。これらの資料を元にして、地震の仕組みを知りたいのです。

僕は近々、理学部の施設として『地震研究所』を建てたいと思ってます」

牧野と池野は、思わず顔を見合わせた。

「ですけれど、地震は地面の中のことですから、調べようがないでしょう」

「確かに、そうかも知れません。けれど、地面の下の構造を調べれば、地震の仕組みも分かるし、大地震の予知も出来るかも知れません。

もちろん何年掛かるか分からない。百年先、二百年先、三百年先かも知れない。けれど、今調べ始めなければ、その三百年先も手に入りませんから」

寅彦は、真剣な眼差(まなざ)しである。

地震の仕組みを調べる。牧野には、思いも寄らないことだった。ただ、

「応援いたします」

と、一言声を掛けるのが、精一杯だった。

「天災は忘れた頃にやってくる、ですよ」

別れ際、寅彦が笑って、こう言い残した。

「至言だな」

「まことに然(しか)り、だ」

寅彦の言葉に二人は、しきりと感心した。

寅彦が去っていったあとで、池野が語った。

「あの男は、以前に文科大の教壇に立っていた夏目漱石の一番弟子だった、という話だぜ」

漱石は大正五年に、病のため、すでに亡くなっている。享年、四十九。しかしながら、漱石が書き残した作品群は、この時期になってなお全国で大人気だった。

「理学部の者が、文科大の人間の弟子なのか」

「そこが、夏目さんの懐の大きさなんだよ。何を専攻していようと、自分を慕ってくる若者なら、弟子にする。そして、人生訓などを弟子たちに聞かせていたそうだ」

「ふむ。作家の弟子か。道理で、理学部の研究者のわりに浪漫主義者なわけだ」

「そう馬鹿にしたものでもないさ。君も、夏目さんの『吾輩(わがはい)は猫である』くらいは、読んでみろよ。抱腹絶倒にして、妙なる人生訓が語られている。お勧めだよ」

「僕は、小説なんぞは読まん。そんな時間は、研究の妨げにしかならん」

「やれやれ。六十過ぎても、君の眼には植物しか映っておらんのだな」

二人はこうして、焼け野原の東京を抜けて帝大に向かった。

幸い、帝大は火災はあったものの崩れてはいなかった。

一方、壽衛は壽衛で『いまむら』が、気が気でならなかった。家の大まかな片づけを済ませたあと、残りの細かな片づけは上の二人の娘に任せて「荒木山」へと急いだ。

「荒木山」の町並も被害があったが、たいしたことはなかった。なにより「待合い」では、昼時に食事の用意などしないので、大きな火災に巻き込まれることがなかったのである。『いまむら』も、ほとんど無事だった。

「良かった。これなら商いが続けられる」

店に入ると、住み込みの下働きの娘たちが

「女将さん！　ご無事でしたか」

と、駆け寄ってきた。

「ええ。おかげさまでね。そちらこそ怪我はなかったのかい」

「はい。皆、軽い擦り傷程度です。本当に、このお店は運が良い。女将さんの日頃の行いの良さを、天が見ていてくだすっているんですわ」

「お止し。私は、そんな大層な人間じゃないよ。それより困難に見舞われた方々のご苦労を思いなさい」

壽衛は、娘たちを連れて街に出ると、東京府の役人に頼み込んで、片づけの手伝いや炊き出しの手伝いをした。ボランティア活動である。

一カ月ほどすると、贔屓の仕出し屋も芸妓置屋も再開した。『いまむら』も店を開いた。

「馴染みの客は、そう戻っては来まい」

壽衞は、売り上げが下がるのは覚悟していた。

ところが、新規の客が、ぞくぞくと押しかけてきたのだ。

『いまむら』は東京の大衆的な「待合い」である。だから、京都の本格的な「高級待合い」のように「一見さん、お断り」などというしきたりは、もちろん用いていない。新規の客も大歓迎である。

だが、新しい客層は、どうもこれまでとは違う。どこか荒々しい。

「女将、女将！　女将を呼べ」

あちこちの部屋から、お呼びが掛かる。

「おう。アンタが噂の女将か。なるほど、別嬪じゃ。酌をしてくれ」

壽衞は笑顔で対応する。が、昔のような客との温かな交流は、感じられない。

新しい客層は、建設業者の偉いサンや材木商。つまりは「関東大震災」で潰れ焼け落ちた東京の復興を担う人間たちだ。要するに〝災害特需〟で儲けている者たちである。

「この人たちは、東京の不幸をカネ儲けの材料にしている。私は、そんな人たち相手に商いをしている。言ってしまえば、東京の人の不幸で儲けさせてもらっているのだわ」

壽衞は知らず知らず、自己嫌悪に陥っていた。

もっとも、根っからの商人だったら、そんなことは考えまい。相手が誰であろうと儲けさせてくれるなら、大事な客である。

しかしながら、壽衛には、相も変わらず「武家の娘」の誇りがある。

江戸時代の武家は、たいてい商人から借金して暮らしを立てていたので、「士農工商」の身分制度は建て前に過ぎなかった。そのため、武家はよけいに、自らのプライドと商人へのコンプレックスというアンビバレンツの中で、必要以上に商人を蔑む気持ちを心に育てていた。そうでなければ「武家の誇り」が保てなかったからである。

壽衛もまた、そうした気持ちが心の隅にある。「待合い」という職種そのものには何の偏見もない。しかしながら、商いをしながらも、心の奥底では「商いという仕事そのもの」を蔑んでいる。

壽衛は、心の底で『いまむら』の仕事が徐々に嫌になってきていた。

第九章　雑木林の中の家

折も折。

そんな頃に、牧野の勤める「東京帝大理学部」では、珍妙なる大事件が起こった。

その日、理学部の玄関口に、次々と人力車が集まってきた。この頃は、高級な人力車は空気タイヤを備えているので、鉄車輪のガラガラという音がけたたましく響くことはない。それでも、何台もの人力車が大学の敷地内に集まる光景は異様である。中には、御大層に自家用の馬車で乗り付ける者までいた。

いずれからも、上品な着物をまとった妙齢の婦人ばかりが、降りてきた。その顔はこぞって、怒りで眼を吊り上げている。

「〇〇教授の妻でございます」

「××教授の妻にございます」

婦人たちは、それぞれに理学部の教授の名を挙げた。そして先頭の婦人が

「学部長にお取り次ぎを」

と、えらい剣幕で、受付の者を睨み付けた。受付はすっかり気後れしてしまい

「しょ、少々お待ちください」

と、学部長室に駆け込んでいった。

しばらくして、受付が彼女たちを学部長室に案内した。婦人がゾロゾロと帝大の廊下を進むなど、前代未聞の光景である。たまたま通りかかった教授の一人が、自分の妻がその中にいるのに気づいて

「おい。何しに来たんだ」

と怒鳴りつけた。とは言え、多勢に無勢である。

「放っておいていただきましょう」

と、婦人たちが揃って教授を睨み返した。教授もすっかり青ざめ黙ってしまい、ただ、この珍妙な行列を、微動だにせず見送るしか出来なかった。

「失礼いたします」

婦人たちが学部長室に入ると、そこには、努めて冷静を装う学部長が待ち構えていた。

「これは、これは。美しいご婦人方がこんなに。まさしく眼福ですな」

学部長は、ひきつった顔で、それでもなんとか彼女たちの機嫌を取ろうとする。

この頃の東京帝大理学部学部長は、五島清太郎（ごとうせいたろう）という人物である。

寄生虫に関する研究で広く知られる動物学者だ。大正九年に理学部長に任ぜられた。「関東大震災」後の復興にも尽力した真面目な紳士だ。

しかし、婦人たちは五島のご機嫌取りなどには眼もくれず、ひたすら攻め寄ってくる。

「聞いたお話ですと、この理学部の講師の方に、たいへん問題おありの方がおいでとか」

「はあ。どのような問題で……」

五島はとぼけた。が、大抵の推測は付いている。

「奥様に『待合い』などという賤業（せんぎょう）をさせている方が、いらっしゃるというではありませんか」

「なんと破廉恥なことですか！　帝大の品位が下がります」

案の定、牧野の件である。

「『待合い』など、女の、その……か、身体を商うところでございましょう。そんな商いを奥様にさせるとは、帝大の教壇に立つ人間にあるまじき恥では、ないですか」

帝大教授の妻君など、大抵が〝お嬢様育ち〟の世間知らずだ。「待合い」と「売春宿」の区別も付いていない。

「ちょっと、お待ちください。確かに牧野講師の奥様は、『待合い』の女将を務めております。その件は、当の牧野講師からも報告を受けております。

ですが『待合い』は、決して賤業ではありません。地位のある多くの方も、客になっております」

五島のほうから、牧野の名を出した。もはや誤魔化しようがない、と判断したのだ。

「地位がある、などと申しても、所詮は男でございましょう。その……することは、同じです」

こう言った婦人は、顔を真っ赤にした。自分の言葉が、自分で恥ずかしかったのだ。

「分かりました。とにかく、学部長である私から牧野講師に話をします。ですから、今日のところは、どうかお引き取り願えませんか」

五島は椅子から立ち上がると、机に手を突いて深々と頭を下げた。学部長にここまでされては、婦人たちも引きさがらざるを得ない。

「どうか、ご熟考願います」

と、精一杯の捨て台詞を残して去っていった。

「さて、どうしたものか」

五島は、牧野に好意を寄せている。壽衞のことも、牧野から嘘偽りない説明を受けて、納得している。学部長の立場で牧野を叱責する気持ちには、とてもなれない。

その日のうちに、五島は牧野を学部長室まで呼び出した。

「……と、いうわけでね。どうにか、君のほうで、なんとかならんものかね」

五島は、事の経過を説明して、柔らかく牧野に相談をした。講師と学部長では、天地ほどの地位の差がある。

「ご迷惑をおかけしました」

と、まず謝るのが筋であろう。

ところが牧野は、謝るどころか、怒髪天を衝く勢いで、五島に激しく食って掛かった。

「僕の妻が、どんな悪いことをしているというのですか。甚だ侮辱もいいところだ。不愉快このうえない！」

牧野は、他人から見下されることは平気である。事実、そんなことは何度もあった。

だが、壽衛を他人に悪く言われることだけは、どうあっても許せない。

「第一、妻の『待合い』は、僕の研究資金を賄うためのものです。延いては、この理学部のためです。文句を言われる筋合いなど、一欠片もない！」

「いや、分かっとる。それは分かっとるよ」

五島は、なだめるように言葉を続けた。

「しかしだね、牧野君。世間には、偏見というものがある。『待合い』を、陽の当たる場所の仕事と思っていない者も多い。それに、じつは……」

五島は少したためらったが、思い切ったように言葉を強く続けた。

「ご婦人方が来るかなり以前から、君の妻君の仕事を非難して、僕に訴え出る者も、学部内に少なからずいたのだよ。それが、こんな馬鹿げた騒ぎにまでなってしまっては、さすがに君に一考願わざるを得ない。ひとつ妻君と相談してはくれまいか」

どうだろう。五島の穏やかに話しかける言葉に、牧野も徐々に平静を取り戻してきた。よくよく考えてみれば、五島の言うことにも一理ある。

「本来、君を『助教授』に引き上げて、俸給も多くしたいところなのだがね。その話をすると、そうした連中が『牧野には学歴がない』と、断固反対してくるのだよ。僕の一存で強引に君を引き上げては、学部内の秩序を保てない。君、最終学歴は……」

「小学校二年中退です」

「そうだったね。それでも今が徳川の世なら、君が塾を開けば『西洋本草学の大家』として全国の藩から弟子入りが殺到するところだったろうがな……。どうにも御一新からこっち、国の役所の力が大きくなり過ぎとる」

五島は、取り留めのない話をする。牧野を慰めているつもりなのだろう。

牧野は、五島の厚意を感じつつも、このままここにいても埒(らち)が明かない、と悟ったのか、

「分かりました。今晩にでも妻と相談します」

と、返事をした。

「悪いね。申し訳ないが、僕も立場上こうした連中の声を無下には出来ないんだ。無論、僕は君の味方だ」

「ありがとうございます」

牧野は小さい声で礼を言うと、学部長室をあとにした。扉を開いた時、五島が

「君、敵が多いね」

と、ポツリつぶやいた。

「ええ。この歳まで好き勝手やってきましたから」

牧野は、五島のほうを振り向いて自虐気味に笑った。

その日の晩。

牧野は、壽衛に事の次第を正直に説明した。

「全く、なんという屈辱だ。壽衛。君はひとつも間違ってはいない。これからも、堂々と仕事をしてほしい。君の仕事は、大半が僕のためなんだから。僕は君に感謝こそすれ、不平不満を言う気などは微塵もない」

「そうでございますか。そんなことが……」

壽衛も少し以前から、こんなことが起こるのではないか、と薄々予想はしていた。だから、牧野の話にはまるで驚かなかった。

「分かりましたわ。私も、そろそろ潮時か、と考えていたのです。ちょうど良い機会です。『いまむら』の女将を引き下がりましょう」

壽衞は冷静である。笑みさえ浮かべている。

だが、牧野のほうが納得しない。怒りが収まらない。

「そんなことを言わないでくれたまえ。君は、全く、全然、微塵も悪くないのだ。『いまむら』は、とても良い店だ。それも、君のこれまでの努めがあったればこそだ。僕は、君が世間の偏見に屈することなど、これっぽっちも願ってはいない。

学部長が『どうしても』と言うのなら、僕のほうから、そんな職場は願い下げだ。元より『帝大講師』などという地位にすがりつく気なんかは、さらさらない。さっさとやめて、どこかの専門学校の教職でも探すさ」

牧野の熱弁は続く。

壽衞のほうは内心、少々困っていた。

今は「待合い」の仕事から退きたい、というのは本心なのである。

貯えも、秘めた計画を実現するだけの額は貯まった。しかしながら、こうまで牧野に迫られては、説得が難しい。

「旦那様。そんなことをおっしゃっては、いけませんよ。帝国大学は、旦那様を育ててくれたところではないですか。これからも、帝大でお仕事を続けていただくのが、壽衞の偽らざる願いです。そのためにも、旦那様のお立場を悪くするようなことは、この壽衛の本意ではありません。どうか、私に仕事を退かせてください。それが私の、心からの願いにございます」

壽衛は牧野を諭すがごとく、こう語った。そして頭を下げた。
こうまで言われては、牧野も引き下がらざるを得ない。

「壽衛。僕は悔しい。悔しいよ……。いつか必ず、君を偏見で侮辱したやつらを、僕の研究で見返してやる。きっとだ。約束する」

牧野の眼は、悔し涙で潤んでさえいた。
壽衛は、申し訳なく思いつつも、心の中で、ほっと胸を撫で下ろした。

かくして、壽衛は『いまむら』の女将を辞めた。
店の売却は、申し出人の人柄をよくよく見極めて、店に残る者や付き合いの深かった料理屋と芸妓置屋に十分配慮してくれる人物に、譲った。金額だけならもっと高い額を提示する者もいた。けれど、壽衛としては、あとに残る者への気遣いが最低限の仕事納めだ、と考えていた。

「牧野の妻が、学部長の説得で『待合い』を辞めた」
こうした噂は、瞬く間に学部内にも外にも、広まった。牧野を非難していた連中は

「やはり牧野も、帝大を追い出されたくなかったのだ」

と、凱歌を挙げた。

壽衞が『いまむら』を去る前日の夜。五島が牧野を誘ったのである。五島が牧野とともに店を訪れた。挨拶に出てきた壽衞の姿を見た五島は

「ほお。なんと美しい」

と、思わず声を出し、ため息をもらした。

壽衞は、もうとっくに四十半ばを越えている。それでも、女将としての貫禄と艶美さは、どんな芸妓にも引けを取らなかった。

「奥様。このたびのことは私の力不足で、まことに申し訳なかった。けれど、おかげさまで理学部は無事に落ち着きました。心より感謝申します」

こう言って頭を下げる五島を横目に見て、牧野もようやく溜飲が下がった。気持ちが晴れた。

そしてまた、月日が流れた。

『いまむら』の女将を引退した壽衞は、自宅で家事と子供の世話に励んでいた。『いまむら』での貯えを計画的に少しずつ取り崩していくことで、家計は以前よりは安定して

いた。

牧野は、相変わらず植物採集と各地の植物同好会の講演旅行、実地研修に飛び回っていた。

帝大理学部では、牧野の奔放な研究生活を憎々しげに見る人間も減ってはいなかった。大学の講義も、語りの上手さがますます冴え渡るのにくわえて、いつも何かしら新しい発見の発表などもあるから、その人気ぶりは学部一である。古株の教授連は、そこも、おもしろくない。が、学部長の後ろ楯もあってか、表だった揉め事は起こらなかった。

壽衛は、家事をこなすほかに、もうひとつ日常に楽しみが増えた。牧野の植物標本造りの手伝いである。

手先が器用だし、万事に飲み込みの早い壽衛のことだ。長年の牧野との暮らしの中で、大抵の作業の段取りはすっかり把握できている。牧野は、そんな壽衛をすっかり信頼して、他人には絶対手を出させない植物標本造りを、壽衛にだけは任せるようになっていた。

こうして、牧野家の穏やかな日々が流れた。いつのまにか、壽衛も五十を過ぎていた。

壽衛は時々、牧野には告げず、一人で街に出かけては「周旋業者」を廻っていた。「周旋業者」とは、不動産業者のことだ。壽衛の「ひそかな計画」のためである。

そして大正の終わりの年。大正十五年。

その日。帝大の講義がなく、朝餉(あさげ)のあといつものように書斎で読書に耽っていた牧野に、壽衞が声を掛けてきた。

「旦那様。もしよろしければ、二人で少し出かけませんか」

壽衞が外出の誘いをするなど、まったく珍しいことだ。牧野は、少し驚いた。

「出かけるって、どこへ？　歩いていける所かい」

「いえ。少し遠出になります」

「じゃあ、人力車を呼んでこなくちゃ」

「いえ。人力車でも少し遠いです。電車で行きましょう」

「へえ。そうなのか。じゃあ、すぐに支度するよ」

牧野は、どこに行くか、しつこく聞かなかった。壽衞と一緒なら、どこに行くのも構わない。

二人で単線の電車の椅子に並んで座り、牧野はただ、ぼおっと車窓の風景を眺めていた。平日の午前中である。車内は空いている。

「二人で電車に乗るなんて、初めてじゃありませんこと？」

「そうかな。でも、こういうのも悪くないね」

左右の席は、ゆったりしている。けれど二人は、ぴったりとくっついて座っている。

電車を降りて、人力車を雇った。

「ここまで行ってちょうだい」

壽衛は、車夫に住所を書いた紙を渡した。

「へい。お着きでやす」

二人が降りたのは、中心街からかなり離れた郊外の草原である。すぐそばには雑木林が茂っている。こんにちの練馬区大泉（おおいずみ）近辺に当たる。

「いかがです。ここ」

壽衛は、いたずらっぽく笑って聞いた。

「うん。閑静で良い所だな。草木も十分生えているし、こんな所でゆっくり研究したいものだ」

そよ風に吹かれながら、牧野が何気なくこうもらすと、壽衛は嬉しそうに

「良かった。気に入っていただけて」

と、弾んだ声を挙げた。

「うん。気に入ったけど、それがどうした？」

「じつは、ですね……」

壽衛は、少し間を置いてから

「買ったんです。この土地。七百坪あります」

と、声高に、誇らしげに叫んだ。

「買った？　土地を？　どこにそんなカネが」

「『いまむら』の収入を貯えていましたけれど、それを一遍に遣いました。もともと、それが目的の貯えでしたから」

あまりの驚きに、牧野は声も出ない。

「ここに、旦那様がゆっくり研究できる、ゆったりとした家を建てましょう。そのほかに、植物標本を大切にしまえる倉庫も建てたいですね。そのためには、七百坪でも足りないかしら。二千坪くらいは欲しいですわね。

でも、まずは自宅を建てるところから始めなくては」

壽衛がめったに見せない大はしゃぎの姿だった。牧野は、話より先に、その壽衛の姿に見とれて、それだけで嬉しくなった。

「そうかい。家を建てる土地を」

「ええ。もう、これで大家さんから家賃の取り立てを食らったり、家を追い立てられたりする暮らしとは、おさらばですわ」

牧野は、薄くなった髪を掻きながら
「君には、ずいぶん迷惑をかけたからな」

と、恥ずかしそうに答えた。

牧野富太郎の研究拠点を建てる。それこそが、壽衛の一大計画だったのだ。

壽衛の行動は素早かった。良質の建築業者を見つけ、牧野の研究部屋の使い易さを第一に考えて設計にも口を出した。そして、雑木林の一部を切り開いて見事な家を建てた。大正十五年の五月には、引っ越しを済ませた。

「これで、一段落ですね」

夕暮れ、縁側に座った壽衛は満足げに、つぶやいた。表情は、にこやかである。しかし、少し痩けた頰に疲れが見える。

「壽衛。大丈夫かい」

「え。もちろんですよ。なぜですか」

「ずいぶん疲れているようだ。ここのところ、無理を続けていたからな。もっと自分を大事にしてほしい」

不安げな牧野に向かって、壽衛は笑顔で答える。

「確かに、この家を建てるまで気を張りつめていましたからね。ですけれど、家が無事に建って気が緩んだのでしょう。それだけです」

「ならば、いいけれど……」

この年、牧野は六十四。しかしながら心身ともにますます壮健で、疲れ知らずである。それだけに余計、壽衛の疲れた顔が気にかかる。漠然とした不安が拭えない。

新居が出来て一月ほど経った頃、池野が新築祝いにやってきた。

「良い所だな。家も良い。新築だけに木の香りも、すばらしい」

季節は初夏である。涼やかな風が、家の中を吹き抜ける。二人は穏やかに対座した。

「ところでな、牧野君」

「なんだい。改まって」

「君、博士号を取らないか？」

「はあ？　何の冗談だい」

牧野は、池野の話を一笑に付した。だが、池野は真剣だ。

「冗談なんかじゃない。そういう計画が、ひそかに持ち上がっているんだ」

池野の話だと、池野初め多くの牧野の応援者が、いいかげんに牧野に「博士号」を取らせるべきだ。——と、学部長に談判したという。

牧野の学部内での評判は高まる一方である。片や、牧野を批判していた古株の教授連中は、大抵が定年退職している。池野としては、この機を逃すまい、と動き出したわけだ。

「学部長も、じつに前向きだった。君が博士号を取ってくれれば、学部の運営もやり易くなる、とね」

「どういう意味だ」

「僕らの後輩も、それぞれに成長して、今の学部には『博士候補』が、結構いるのさ。けれど、いずれも僕らより下の世代だ。高齢の君の頭越しに、彼らを博士にするわけにはいかん。——と、いうわけさ」

牧野の顔が、少し険しくなった。

「だったら、僕のことなんぞ構わずにさっさと、その若い者たちを博士にしてやれば、いいじゃないか。変に気を遣われても、僕はありがたいなどとは思わん。要らぬお節介だ」

「まあ、そう言うなよ。これは学部長の意向であるとともに、その『若い者たち』の意思でもあるのさ。『牧野先生より先には博士になりたくない』とね。皆、君を尊敬しているからな」

「ふん」

牧野は不快な表情を作った。が、内心では嬉しかった。若い者に慕われることは、牧野にとって大きな喜びだ。

「けれど、僕は『学問には学歴も肩書きも意味がない』という信念で、ここまでやってきた。それを、この歳になって博士号なんぞホイホイと貰(もら)えるものか。僕の沽券(こけん)に関わる」

「しかし、なあ。あえて下世話な話をさせてもらうが、博士になればカネが稼げるぞ。博士なら立派な先生様だ。おそらく今と同じ働きで、俸給は三倍以上になる。こんな立派な家まで建ててくれた奥様を、少しは楽にして差し上げられるじゃないか」

この瞬間、牧野は、痩せやつれた最近の壽衛の顔が、頭に浮かんだ。壽衛を楽にさせてやりたい。稼ぎが三倍になれば、住み込みの家政婦を雇える。

「……分かった。前向きに考えよう」

その日の晩に、牧野は壽衛に相談した。

「池野が勧めるんだ。僕が博士号をもらうとしたら、君はどう思う」

「旦那様は、博士の肩書きなどはどうでもいい、とずっとおっしゃってきましたわね」

「うん」

牧野は瞬間、焦った。壽衛に皮肉の一つも言われるのでは、と思った。

ところが、

「だったら、よろしいではありませんか。いただけるものは、いただけば。〝どうでもいい〟ものなら、あってもなくても困るわけではありませんでしょう。肩書きがどう変わろうと、旦那様は旦那様です」

壽衛は、ごく当たり前のようにこう答えた。

ハッとした。牧野は、眼から鱗が落ちる思いがした。

「そうか。肩書きがどう変わろうと、僕は僕だ。意固地に断る必要もない。向こうが『くれてやる』と言うなら、素直にもらってやる。それで僕の研究が、どうこうなるわけじゃない」

「はい。そのとおりにございます」

「それに俸給も上がるしな」

「その点は、それこそ〝どうでもいい〟話ですわ」

夫婦は笑い合った。

翌日、大学に出た牧野は、池野に礼を言い、博士号の件を受諾した。

必要な「博士論文」は、新たに書き下ろすとなると面倒だし、時間を取られて現在の研究に差し障る。そこで、これまで雑誌などに発表してきた英語の論文を何本かまとめて、それを「博士論文」とし、提出した。これまでに書き続けてきた牧野の論文は「博士論文」としても、全く遜色のない出来だったのだ。

元々が、牧野本人の気持ちを余所に、学部内で「牧野を博士にしたい」と願っての動きである。理学部教授会では満場一致で賛成され、すぐさま文部大臣に承認を求めた。

かくして昭和二年四月。牧野は博士号を授与し、理学博士となった。

牧野、六十五の時である。

もっとも、牧野の生活は何も変わらない。立場も「講師」のままだ。博士号を取ったからと言って、いきなり教授になれるわけでもない。

現に、この時点で、帝大理学部に「教授の席」は空いていない。牧野当人がよほど運動しなければ、教授にはなれない。

しかし牧野は元来、肩書きに頓着がないから「講師」のままでも、一向に平気だった。

池野は、牧野を教授にしたかった。博士号を取るよう勧めたのも、それがためだ。

池野当人は、帝大理科大学卒業後翌年の明治二十四年に、すでに助教授になっている。さらに、ほどなく留学して教授となった。一方、盟友で自分以上の学識と学問への熱意を持つ牧野が講師のままなのは、池野にとっては、ずっと気の引けることだった。

今更、牧野が教授に就いたとて、定年までわずかの時間しかない。それでも、池野は帝大理学部の大功労者として牧野を教授にし〝有終の美〟を飾ってやりたかった。

教授として退官した後は、また講師に戻れば良い。講師は、非正規雇用だから、雇用が不安定な分、定年はない。そして帝大理学部が、学部一人気の牧野を手放すわけがない。

——と、池野の計画は、そこまで考え抜かれていたのだ。

ところが、一向変化のない牧野のマイペースな仕事ぶりに、池野もさすがにあきらめた。当人が教授という地位に目もくれていないからには、これ以上の無理強いは出来ない。

ただ、

「君は、やはり牧野富太郎だ。幾つになっても世俗の欲がない」

と、最後に、そんな言葉を掛けるだけだった。

壽衛も、別段変わらなかった。ただ、牧野が博士号を受けた日、牧野家の食卓では家族全員でステーキを食べた。

「お母様。お父様のお祝いね」

鶴代が聞くと

「いえ。そんなことではないのよ。ただ、良い牛肉がとても安かったから」

と、笑って答えた。

牧野はこの年、秋田や青森などへ植物採集旅行に出かけている。元気なものである。

一方、壽衛は疲れがちの身体が元に戻らず、昼間でも床に臥せる日が、時折起こるようになった。病院にも、通った。

当人は

「病院なんか要らないわ」

と、無理に笑って見せたけれど、娘たちが許さなかった。

「私たちが家のこともするし、病院にも連れていきます。絶対よ」

娘たちの眼にも、壽衛の急な衰えぶりが、はっきりと映っていたのである。


この年の十二月。

札幌で「マキシモヴィッチ生誕百年」を記念する集まりがあった。

マキシモヴィッチは、日本植物学の大恩人である。多くの人が参加した。牧野も当然出席し、講演を行なった。

「マキシモヴィッチ先生には、生涯直接お会いすることは出来なかった。けれど、若い頃の僕をどれほど導いてくれたか分からない。今の僕があるのも、先生のおかげだ」

牧野は、北海道の天を見上げてマキシモヴィッチを想い、感慨に耽った。

当時の牧野は、竹や笹(ささ)を研究テーマにしていた。どこへ行っても、竹や笹が目に入っては、何時間でも観察し、採集する。札幌からの帰りでも、仙台に立ち寄った牧野は、この地の教え子とともに竹林へ採集に向かった。

とは言え、竹や笹など大して珍しくもない。

「先生。もう、そろそろ宿に引き上げませんか」

教え子は、少々飽きた様子で、牧野に声を掛ける。無論、牧野の耳には届かない。

林の奥まで進み、一枚一枚の笹を丹念に観察する。すると、明らかに見たことのない笹を発見した。

「これは……新種じゃないか」

とっさに悟った牧野は、興奮を抑えて、その笹を丁寧に採集した。手に感じる柔らかな感触は明らかに、これまで出会った笹になかったものである。

牧野はますます興奮した。笹を紙に挟んで鞄に詰める。あとは、東京でじっくり研究することで頭がいっぱいになった。

「おーい。そろそろ戻るぞ」

同行の教え子は、ようやく安堵した。

東京の大泉にある〝賃貸ではない自宅〟に戻った牧野を、壽衛は玄関まで迎えに出てきた。

「旦那様。お帰りなさいまし」

昨年までなら、この壽衛の笑顔に癒され、旅の疲れも吹き飛んでいたところである。

だが、壽衛の見るからに辛そうな姿に、牧野はあわてて壽衛を抱いた。靴を脱ぐのも、もどかしい。

「ありがとう。君の建ててくれた家に帰ったよ。だけど、くれぐれも無理はしないでくれ。臥せっていたほうが、いいよ」

「でも、せっかく、遥々(はるばる)北海道からのお帰りですから」

壽衛は、なんとか笑顔を作って見せた。その顔が可憐で、今にも枯れ落ちそうな花のようである。

牧野は瞬間、恐怖を感じた。壽衛を必死に抱きかかえて、部屋まで連れていった。

翌日、旅の疲れも見せず、牧野は帝大理学部の研究室に出向いた。採集してきた笹を調べるのに、余念がなかった。

細かな点まで見逃すまいと、顕微鏡を覗き込む。白い毛が、繊細に葉に並んで付いている。国内だけでなく海外のあらゆる文献に眼を通し、同じ笹が載っていないか、丹念にページを繰っていく。

「どこにも載っていない。やはり新種だ」

牧野は、思わず「万歳」と叫びそうになった。

これまで何百という新種を発見してきた。だが、この喜びと興奮はいつも変わらない。六十も半ばになって、さらに新種が発見できるとは、夢にも思ってもいなかった。

ちょうど、その頃。

帝大の門に、一台の人力車が乗り付けた。

降りてきた若い女性は、息急き切って帝大理学部の受付に走る。

「牧野講師の娘です！」

受付に一言叫ぶと、返事を聞く間もなく、走り去る。受付は、驚きのあまり声もなく、その後ろ姿を見送る。

教員室の扉を急いで開ける。懸命に室内を見て廻るが、牧野はいない。部屋にいた若い助手に

「あの、牧野先生はどちらに」

と、あわただしく問い質す。

「どちら様で？」

助手は、女性の見るからに焦っている形相に驚いて、しどろもどろに聞く。

「娘です。牧野の」

「あ、そうですか。牧野先生なら第一研究室です。ご案内しましょう」

ただならぬ雰囲気を感じて、助手は小走りに先導する。着くや否や、女性はガラリと激しく研究室の戸を開けた。

「お父様！」

「鶴代か。どうした？　こんな所まで」

牧野も、いきなりの娘の訪問に驚いた。家で何かあったな、と察した。

鶴代の次の言葉は、最悪のものだった。

「お母様が……倒れました！」

第十章　そして永遠に

牧野は、鶴代の言葉を聞くなり、よろめいた。顔を真っ青にして鶴代の姿を呆然と見ながら、ガクンと激しく椅子に腰を落とした。

こうなることは前から薄々、予感はしていた。だが、いざ現実となると、ただ頭の中が真っ白になるだけで、どうして良いか、まるで考えが付かない。

「壽衛が……。壽衛が……」

ひたすら、壽衛の名をつぶやき続けるだけである。

「牧野先生。すぐにお帰りください。研究室は、こちらで片づけます。採集品も保管します。学部長にも伝えておきます。ですから、すぐに」

一緒にいた助手が、急かすように牧野に声を掛ける。

「助かる。すぐに帰らせてもらう」

助手の言葉で正気に戻った牧野は、鶴代を連れて、すぐに出ていった。

鶴代は、人力車を待たせていた。しかも、二人乗りのものである。鶴代は気が利く。

「急いで、停車場に戻ってください」

帝大の門から路面電車の停車場へ。さらに路面電車を降りて単線の電車に乗り換え、降りた駅前で客待ちをしている人力車へ。

自宅のある大泉までは、どうしても時間が掛かる。牧野はずっと黙ったまま、足を小刻みに震わせていた。先程まで笹の新種発見で浮かれていた自分が、どうしようもなく腹立たしかった。鶴代も何も語らない。

「壽衛！」

ようやく自宅に着いた牧野は、靴を脱ぎ捨てるや、壽衛の臥せっている部屋へと飛び込んだ。

「お父様」

ほかの子供たちも、壽衛の枕元に座っていた。壽衛は、辛く息苦しそうで意識がぼやけているのだろう、牧野に気づかない。

往診に来ていた医者が、すぐに話しかけた。

「牧野先生ですね。良かった、帰っていただけて」

往診医は、牧野のことを知っていた。

「もうご自宅で療養させられる段階ではありません。入院をお勧めします。紹介状を書きましょう」

「ありがとうございます。お願いします」

「あの……。今日の往診料は」

鶴代が口ごもると、

「請求書だけ置いていきます。お支払いはいつでも結構です」

と、遮るように言ってくれた。

給料日前で、この時の牧野家には、ほとんど余裕がない。牧野は、博士となって報酬が多少上がっても、その分、研究に注ぎ込んでしまう。貯えなど考えもしなかった。

「迂闊だった。採集旅行を、もっと控えるべきだった」

牧野は今更のように、自分のカネ遣いを悔いた。

「旦那様」

この時、壽衛が意識を取り戻した。喉をぜいぜい鳴らしながら、小さく牧野に声を掛けた。

「入院など結構ですよ。二、三日横になっていれば、治ります」

壽衛は、努めて元気そうに語りかける。けれど、その声は弱り切っている。

「もう、いい！　もう、いいんだ。あとのことは、任せろ。とにかく入院するんだ！」

牧野の声は、激しくも震えていた。怒りさえ込められていた。

「この期に及んで、まだ僕や家族を気遣うのか。もう、いいかげんやめてくれ」

牧野は、心の中のどうしようもない揺らぎに、自分が抑えられない。心の中では、涙がいっぱいになっている。けれど、それを外に出すのを、なんとか耐えた。

壽衛は担架で運ばれ、自動車に乗せられて病院へと向かった。

自動車代は、なんとかギリギリ支払うことが出来た。

壽衛は入院した。

身体中が、もはやボロボロだった。

心臓もだいぶ弱っている。無理に無理を重ね、それでも強い意志で、それを隠し続けた。その結果が、ここまで壽衛の身体を蝕んだのである。

子供たちは皆、代わる代わる見舞いに訪れた。そのたびに壽衛は

「もうすぐ元気になって、帰るからね」

と、弱々しくも笑顔を見せた。

看護婦は毎日、夕方になると入院費の請求書をベッドの横の机に置いていく。しかし月給が入るまでは、払いようがない。

牧野は毎日、病院に通い詰めた。請求書の回収のためでもあった。

こんなものが枕元の横に積まれていては、壽衛の心はますます苦しみ、弱まってしま

う。

——と、牧野の精一杯の気遣いだったのだ。

食事の際は、牧野がスプーンで手ずから、粥を壽衛の口に運んでやる。

「もうお腹いっぱいですわ」

「駄目だよ、食べなくては。病院の食事は、患者に必要な栄養を考えて作られているんだから」

牧野は、懸命に食べさせようとする。だが現実は残酷だ。牧野は、壽衛の顔にはっきりと死相を感じ取るようになった。

壽衛は徐々に、昏睡状態が長くなっていった。医者はようやく、注射での栄養補給を始めてくれた。

入院費をきちんと払っていれば、もう少し早く、この措置をしてくれていたろう。

——と、そう考えると、牧野は病院に腹を立てた。元々が入院費の支払いが滞っているこちらが悪いのである。が、牧野には、そんな冷静な判断をすることは出来なかった。

昏睡状態が続いても、時折、壽衛の意識がハッと戻る。牧野は、その時にいつもそばに居てやりたかった。だから、出来る限り長く、ベッドの横の椅子に座り続けた。

ある日、いつものように昏睡状態の壽衛の横に牧野が座っていると、

「牧野さん。ちょっと……」

と、中年の看護婦長が、ドアの外から声を掛けてきた。牧野は、看護婦の控室に呼び出された。

「牧野さん。未払いの入院費がだいぶ溜まっています。少しはお支払い願えないでしょうか」

「済みません。もう少し待ってください」

「帝国大学の先生が、そうも窮していらっしゃるのですか」

看護婦長の疑問は、もっともである。帝大の教師となれば収入も大きかろう、と誰でも想像する。牧野が収入を片っ端から研究費に当てているということは、一般の人間には思いもつかない。

「奥様は今、特別治療室に入っていらっしゃいますよね。この部屋は数が少なくて、入院待ちをしていらっしゃる患者さんも少なくないんです。

入院費を払っていただけない患者さんを置いたままでは、公平とは言えませんでしょう。病院は、病人全てに公平でなくてはなりませんので」

カネのある患者を差し置いて、カネのない患者の治療を続けるのは、〝公平〟ではない。

要するに、そういうことだ。

「結局はカネか」

牧野は、小さくつぶやいた。

「とにかく、もう少し待っていただけませんか。必ずお支払いいたしますので」

「いえ。そのお返事だけでは……。『いつまでに』というはっきりした日程をお示しいただけませんと」

牧野は、とうとう怒り心頭に発した。

「分かりました。今週中に払います。それで文句ないでしょう」

そう言うや否や、牧野は部屋の扉をバタンと荒々しく閉めて、相手の返事も聞かずに出ていった。

元より、当てはない。だが、こんな問答をしていて、壽衞が目を覚ました時に自分がそばに居てやらなかったら、どうするのだ。

牧野の頭には、それしかなかった。

牧野の判断は正しかった。

牧野が病室の椅子に着いていて、ほんのしばらくすると
「旦那様」

という弱々しい声が聞こえた。

「壽衞。目を覚ましたのかい。気分はどうだい」

「ええ。少し風に当たりたいですわ。窓を開けてくださいます?」

牧野は、すぐに窓を少し開けた。

二月の夕暮れのことである。風は冷たい。

「ああ。いい気持ち」

けれど壽衛は、穏やかに声を発した。

「壽衛。少しのあいだベッドに座れるかい。寝汗をずいぶんかいている。浴衣を替えよう」

「ええ。嬉しゅうございます」

壽衛は懸命に身体を動かし、牧野が支えるようにしてベッドに座らせた。

「着替える前に身体を拭こう」

牧野はすぐに、洗面器に水道から水を汲んでくると、手拭いを絞った。

浴衣を脱いだ壽衛の背中を見た牧野は、ギョッとした。背骨も肩甲骨もすっかり浮かび上がって、文字通り皮と骨だけである。

「こんなに痩せて……」

牧野の頬を涙が伝った。けれど、壽衛は

「しょうがありませんよ。十三人も子供を産んだんですもの。出産すれば、産まれる子供に栄養を持っていかれますから」

と、笑って言った。牧野に責任を感じさせまい、とする壽衛の思いやりである。

「だったら、子を産むたびに身体を休めて、栄養を十分に取ればよかったじゃないか」

――と、牧野は喉から出そうになる言葉をグッと飲み込んだ。

そんな余裕が、どこにあった。僕が研究のため、カネを片っ端から遣い込んだせいではないか。――と。

手足から乳房まで、身体全体を丁寧に拭いた。

「うつ伏せに、なれるかい」

牧野が聞くと、壽衛は息苦しそうにしながらも、なんとかうつ伏せになった。牧野は、壽衛の痩せこけた尻をきれいに拭き取った。

そして、新しい浴衣に着替えさせた。腰のあたりを着替えさせるのは難儀だったが、壽衛も懸命に身体を動かして、なんとか洗いたての浴衣に着替えることが出来た。

壽衛は、それだけでグッタリし、再び横になった。

「さっぱりしましたわ」

「だいたい、君も悪いのだ」

泣きじゃくる子供のような顔をして、牧野は小さい声で壽衛を責めた。

「どうして、そんなになるまで何も言ってくれなかったんだい」

「すみません。身体には自信があったんですけれど……。でも、やっぱり歳には勝てませんね。旦那様のお元気な様子を毎日見ているうちに、私も大丈夫のような〝錯覚〟を起こしていたんです。馬鹿ですね」

牧野は、壽衞に恨みごとの一つも言ってほしかったのだ。なのに壽衞は、なおも自分一人で責任を背負おうとしている。

牧野は、ますます訳の分からない怒りを言い出す。

「君には、着物の一枚も買ってやらなかった。芝居のひとつも、連れていってやらなかった。

若い頃、実家からの仕送りがあって少しはゆとりのある時に、もし君が『流行りの着物が欲しい。人気の芝居を見に行きたい』と、ねだってくれれば、僕は喜んでその願いを叶えたのに……。どうして君は、僕に何もねだってくれなかったんだ」

これを聞いた壽衞は、おかしそうにクククと、笑った。

「だって、そんなもの、まるで欲しくなかったんですもの。そんなものより、旦那様と一緒になっての毎日が、楽しくて……いえ、違いますね。『おもしろくて』仕方がなかったんです。何か欲しいなんて、全然思いもしませんでした」

牧野にとっては、意外な答だった。

「おもしろい？」

「ええ。毎日楽しく旦那様とお話するのも、おもしろかったです。借金取りを丸め込んで出ていってもらうのも、痛快でおもしろかったです。一銭や五銭の節約のために、毎日方々に出向いてお代を比べて廻るのも、おもしろかったです。追い立てを受けて、大八車を引きながら新居を探すのも、おもしろかったです。造りかけの植物標本に挟まれて、草木の香りを鼻の先で嗅ぎながら眠るのも、おもしろかったです。『いまむら』で、いろいろな人と出会えたのもおもしろかったですし、おカネが毎日少しずつ貯まっていくのを見るのも、おもしろかったです。

　こんな、毎日先が見えないような、ワクワクドキドキする暮らしが、おもしろくないわけがないじゃありませんか」

「そ、そうかなあ……」

　牧野は、とてもその〝おもしろさ〟に共感できなかった。

「旦那様。じつを申しますと、私ね。旦那様に見初められる前に、二つか三つ、縁談の話がありましてよ。けれど、それはどれも、亡き父の関係から、軍人の将校さんばかりが相手だったんです。

　将校の奥方なんて、おカネに不自由はないかも知れませんけれど、高い着物を着て一日中、家の中に居るだけ。夫の言いなりになるだけ。そんな毎日は堅苦しくて退屈だろうな、と思うと、とてもお話をお受けする気にはなれませんでした。

旦那様。私を見初めてくださって、心より感謝申します。おかげで、本当におもしろい四十年間でしたわ」

牧野は久しぶりに、壽衛の満面の笑みを見た。少しだけ嬉しかった。

「少し冷えてきましたわね。旦那様、窓を閉めてくださいまし。ちょっとだけ眠りますわ」

壽衛の言葉の最後は、聞き取れないくらい小さなものだった。壽衛はそのまま、すうすうと寝ついた。

牧野はそのまま、病室の椅子から立とうとしなかった。深夜の見回りの看護婦が気づいて、帰るよう促した。けれど牧野は、頑として動かなかった。

翌日の朝。

回診医が部屋を訪れた。

静かに横たわる壽衛の脈を見て、瞳孔を確認した。

「ご臨終です」

医師は静かに告げた。

「す、壽衛……」

牧野は立ち上がり、壽衛の手を握った。かと思うと、壽衛に掛け布団の上から抱きついた。

「壽衛ー！　壽衛ー！」

人目もはばからず、泣きじゃくった。泣いて泣いて、泣き続けた。

医師は黙って、部屋を出た。次の回診に廻らねばならない。看護婦が一人だけ残った。

「なんという穏やかな死に顔でしょう。あれだけ身体を壊して、身体中が痛かったはずですのに……。きっと牧野さんが最期を看取ってくださったからですよ」

看護婦は牧野の背中をさすって、慰め続けた。けれど牧野は、泣きやまなかった。文字どおり、涙が涸れるまで泣いた。

昭和三年二月二十三日。牧野壽衛、没す。享年五十五。

牧野が六十六の年だった。

壽衛の遺体は、すぐに荼毘に付された。そして牧野は、遺骨が納められた骨壺を大切に抱えて、子供たちとともに自宅へ帰った。

「壽衛。君の建ててくれた家に戻ったよ。これでまた家族一緒だ」

仏壇の横に置いた骨壺を、牧野はまず優しく撫でた。

壽衛の葬儀は簡素なものだった。弔問の客を案内する葉書は、池野にさえ出さなかった。牧野は、自分と子供だけで静かに見送ろうと思っていた。

ところが、葬儀になると弔問客が次々と訪れる。

池野を初めとする牧野の大学関係の知り合いが、次から次へとやってきた。後輩の助教授や助手たち。そして教え子たち。かつて「たぬきの巣」で日本植物学の将来を語り合った盟友たち。寺田寅彦も来た。また、学部長や帝大総長も、代理の者を寄越してきた。

さらには、仲人を務めてくれた印刷所の太田社長や、かつて牧野に印刷の手解きをしてくれた職工たち。皆、年老いていたが、すぐに顔を思い出せる懐かしい人たちも。

そして『いまむら』の人たち。出入りしていた芸妓たち。贔屓にしてくれていたかつての客まで、焼香に訪れた。

皆、人伝に壽衛の死と葬儀のことを知ったのである。そして、牧野と壽衛、二人を慕う人たちが、集ったのである。

葬儀代は家中のカネを掻き集め、それでも足りない分は、葬儀屋に掛け合って後払いにしてもらっていた。けれど集まった香典で、その残りの代金はおろか、病院の支払いまで済ますことが出来た。牧野は内心、正直ほっとした。

やがて四十九日が過ぎてから、先立っていった子供たちが眠る墓に、壽衛の遺骨を納骨した。

そのあいだも牧野は、あの仙台で発見した新種の笹を、研究し続けた。そして全てが終わったあと、その笹に「スエコザサ」という和名を付けた。学名も「ササエラ　スエコアナ　マキノ」とした。

「僕ごときの植物学者は、百年も経てば、多くの人に忘れ去られてしまうだろう。けれど、壽衛。これで君の名は、永遠に消えないんだ」

牧野は、天を見上げて手を合わせた。

「家守りし　妻の恵みや　我が学び
　世の中のあらん限りや　スエコ笹」

牧野が立てた墓碑に刻まれた言葉である。

壽衛を失ってからも、牧野の植物研究の情熱は消えなかった。どころか、より一層、その情熱は燃え上がり続けた。壽衛が没した年の夏には、すでに植物採集の旅に出かけている。

自ら植物採集するため、日本中の山を駆け巡った。岩手、山形、滋賀、大分、鹿児島……。幾つもの山を踏破し、ひたすら植物を集めた。富士山にも登った。

ようやく大泉に帰ると、研究と論文執筆に明け暮れる。そのためには、何日の徹夜も厭（いと）わない。その仕事ぶりは人の限界を超え、鬼神が乗り移ったが如くだった。しかもこの頃、牧野はすでに六十代の後半なのである。

植物の研究書も、何冊も出し続けた。昭和八年、七十一歳の年には、『原色野外植物図譜』全四巻を完成させた。

「壽衛がくれた余生なんだ。一分一秒も、おろそかに出来るものか」

牧野の激しい仕事ぶりは、牧野なりの壽衛に対する供養だったのである。

六十九歳の年には、交通事故に遭った。植物採集先の山で、崖から落ちたこともあった。その都度、牧野は奇跡的に助かった。

「壽衛。また僕を守ってくれたのか。そうだね。僕はまだ、君の恩に報い切れていない」

多数の著書も出した。

数々の表彰や賞も受けた。

牧野の業績を記念する施設も、幾つか建てられた。

そんな中の昭和十四年。七十七歳になった年に、帝大理学部を辞任した。

勤続年数、四十七年。最後の最後まで「講師」の地位のままであった。助教授にさえならなかった。

しかし牧野は、そのことに誇りを抱いていた。

「僕は最後まで、大学の権威に屈しなかった。国の権威におもねるような真似は、しなかったんだ」

そして、敗戦後の昭和二十三年十月。

牧野、八十六歳の年である。自宅での牧野の世話は、もっぱら鶴代が担っている。

鶴代が、興奮気味で書斎に飛び込んできた。

「お父様。宮内庁からお電話です。天皇陛下の御希望で、皇居の植物について御進講をするように。――とのことです」

「陛下が……。帝大の教授にもなれなかった学歴のない僕なんぞを、ご指名くださったのか」

昭和天皇御自身も、植物学者である。しかし、国内に優れた植物学者はゴマンと居る。その中で、牧野が指名を受けたのだ。

「なんという名誉だ」

牧野は当日、新調したコートを着込み、勇んで御所を訪れた。昭和天皇はにこやかに出迎えてくださり、吹上(ふきあげ)御所の庭をともに歩いた。牧野は大きな喜びに満ち足りて、歳に似合わぬほど足取りが軽やかだった。

天皇陛下は、気にかかる植物を見出すと、すぐに牧野へいろいろと御質問なさる。牧野はその御質問に、すぐに答える。二人は立場を超えて、仲睦(なかむつ)まじく植物について語り合った。

おつきの若い宮中職員が、あとに付いて歩いていた。ふと声を出した。

「このあたりは、ずいぶんと雑草が生えておりますね。早速に刈らなくては」

この言葉を聞いた牧野と天皇陛下は、互いに笑みを浮かべて顔を見合わせた。二人とも同じことを考えていたのである。牧野が二人の想いを代弁した。

「君。『雑草』などという植物は、この世にないよ。植物は全てそれぞれが名を持ち、特色を持ち、独自の生命を精一杯に生きているんだよ。もし名がなければ、付けてやるだけさ」

若い職員はたちまち恐縮して

「まことに失礼申しました」

と、頭を深々下げた。牧野と天皇陛下は、再び笑みを浮かべて顔を見合わせた。

帰り際、天皇陛下は御自ら牧野に向かって

「あなたは、新生・日本国の宝です。いつまでも壮健を祈ります」

と、声を掛けてくださった。

「壽衛。陛下が僕のことを気遣ってくださったよ。これも、君のおかげだ」

牧野は帰りの車中、心の中で壽衛に感謝の報告をした。

やがて、さらに年月が過ぎた。

昭和三十二年。一月の夜中。

頭脳の明晰（めいせき）さは少しも衰えていないものの、さすがに身体が弱り一日のほとんどをベッドの中で過ごしていた牧野は、独り寝室の中に、ほのかな光を感じた。

「やあ。ずいぶん遅かったね。待ちくたびれてしまったよ」

牧野は、光のほうに向かって静かに声を掛けた。

「だって、旦那様。なかなかお仕事に区切りをお付けにならないんですもの。こちらこそ、ずいぶんとお待ちしましたわ」

声の主は、壽衛である。

夢の中でいつも聞いていた壽衛の優しい声が、そのままに聞こえてきたのだ。

「そうか。またもや、僕の我がままのせいか。でも、もう十分だよ。これからは、ずっと君と過ごしたいなあ」

牧野がこう言うと、壽衛は、にこりと笑って

「では、まいりましょうか」

と、寝ている牧野の手を握った。九十四歳の皺だらけの手に、壽衛のすべすべした手の温かさが、伝わってくる。

「うん。行こう」

牧野はすっと立ち上がった。二人は、肩を寄せ合って、静かに歩き出した。ドアを閉めたままで、そして外に出ていった。

翌朝。

いつもの時間に、鶴代が寝室のドアを開けた。静かである。清涼な空気が、満ちている。

鶴代は驚きもせず、そっと牧野のベッドのそばに寄った。脈を測る。脈はなかった。けれど、牧野の死に顔はとても幸福そうだった。

「お母様が、お迎えにいらしたんですね」

鶴代は、小さく声を掛けた。

こうして牧野富太郎は、その長い生涯を閉じた。享年九十四。

生涯に発見した新種植物は、六百点あまり。

そのほかに、命名をした新種や新変種の植物は、千五百に上る。牧野によって名を得た植物たちである。

さらに、制作した植物標本は、個人所蔵のものだけでも四十万点。余所への寄贈等も合わせると五十万点。中には、すでに絶滅した植物もあり、牧野の標本によって、こんにちにもその存在が伝わっている。

なにより、これらをほぼ全て〝個人で成し遂げた〟点が、まさしく驚愕に値する。牧野が「日本植物の神」「日本植物の精」と称される所以(ゆえん)である。

こんにち、ヨーロッパよりずっと出遅れた日本の植物学は、大いなる世界的発展を遂げている。

植物の成分から新薬が開発され、多くの人の病を癒している。品種改良は進み、穀物などの植物性食料は、たくさんの人々の健康と生活を守っている。美しい草花は、誰の心をも慰めている。

それらの元をずっと辿(たど)っていくと、多くが牧野の研究にたどり着く。

そのことをもっとも喜んでいるのは、牧野とともに天の上に居る壽衛であろう。

（おわり）

※著者注・本作品は史実を基にしておりますが、
ストーリーの展開上、創作がございます。ご了承ください。

牧野富太郎の恋
朝日文庫

2023年1月30日　第1刷発行

著　者　長尾　剛

発行者　三宮博信
発行所　朝日新聞出版
〒104-8011　東京都中央区築地5-3-2
電話　03-5541-8832(編集)
03-5540-7793(販売)

印刷製本　大日本印刷株式会社

Published in Japan by Asahi Shimbun Publications Inc.
定価はカバーに表示してあります

ISBN978-4-02-262072-9

落丁・乱丁の場合は弊社業務部(電話 03-5540-7800)へご連絡ください。

送料弊社負担にてお取り替えいたします。

鈴峯紅也
警視庁監察官Q

人並みの感情を失った代わりに、超記憶能力を得た監察官・小田垣観月。アイスクイーンと呼ばれる彼女が警察内部に巣食う悪を裁く新シリーズ!

小説トリッパー編集部編
20の短編小説

人気作家二〇人が「二〇」をテーマに短編を競作。現代小説の最前線にいる作家たちのエッセンスが一冊で味わえる、最強のアンソロジー。

堂場瞬一
ピーク

一七年前、新米記者の永尾は野球賭博のスクープ記事を書くが、その後はパッとしない日々を送る。そんな時、永久追放された選手と再会し……。

貫井徳郎
乱反射

《日本推理作家協会賞受賞作》

幼い命の死。報われぬ悲しみ。決して法では裁けない「殺人」に、残された家族は沈黙するしかないのか? 社会派エンターテインメントの傑作。

西加奈子
ふくわらい

《河合隼雄物語賞受賞作》

不器用にしか生きられない編集者の鳴木戸定は、自分を包み込む愛すべき世界に気づいていく。第一回河合隼雄物語賞受賞作。《解説・上橋菜穂子》

梨木香歩
f植物園の巣穴

歯痛に悩む植物園の園丁は、ある日巣穴に落ちて……。動植物や地理を豊かに描き、埋もれた記憶を掘り起こす著者会心の異界譚。《解説・松永美穂》

朝日文庫

闘う君の唄を
中山 七里

新任幼稚園教諭の喜多嶋凛は自らの理想を貫き、周囲から認められていくのだが……。どんでん返しの帝王が贈る驚愕のミステリ。《解説・大矢博子》

柚子(ゆず)の花咲く
葉室 麟

少年時代の恩師が殺された事実を知った筒井恭平は、真相を突き止めるため命懸けで敵藩に潜入する——。感動の長編時代小説。《解説・江上 剛》

明治・妖(あやかし)モダン
畠中 恵

巡査の滝と原田は一瞬で成長する少女や妖出現の噂など不思議な事件に奔走する。ドキドキ時々ヒヤリの痛快妖怪ファンタジー。《解説・杉江松恋》

情に泣く
朝日文庫時代小説アンソロジー　人情・市井編

細谷正充・編／宇江佐真理／北原亞以子／杉本苑子／半村良／平岩弓枝／山本一力／山本周五郎・著

失踪した若君を探すため物乞いに堕ちた老藩士、家族に虐げられ娼家で金を毟られる旗本の四男坊など、名手による珠玉の物語。《解説・細谷正充》

しろいろの街の、その骨の体温の
村田 沙耶香

《三島由紀夫賞受賞作》

クラスでは目立たない存在の、小学四年と中学二年の結佳を通して、女の子が少女へと変化する時間を丹念に描く、静かな衝撃作。《解説・西加奈子》

物語のおわり
湊 かなえ

悩みを抱えた者たちが北海道へひとり旅をする。道中に手渡されたのは結末の書かれていない小説だった。本当の結末とは——。《解説・藤村忠寿》

池谷　裕二
脳はなにげに不公平
パテカトルの万脳薬

人気の脳研究者が〝もっとも気合を入れて書き続けている〟週刊朝日の連載が待望の文庫化。読めば誰かに話したくなる！《対談・寄藤文平》

内田　洋子
イタリア発イタリア着

留学先ナポリ、通信社の仕事を始めたミラノ、船上の暮らしまで、町と街、今と昔を行き来して綴る。静謐で端正な紀行随筆集。《解説・宮田珠己》

上野　千鶴子
おひとりさまの最期

在宅ひとり死は可能か。取材を始めて二〇年、著者が医療・看護・介護の現場を当事者目線で歩き続けた成果を大公開。《解説・山中　修》

加谷　珪一
お金は「歴史」で儲けなさい

日米英の金融・経済一三〇年のデータをひも解き、波高くなる世界経済で生き残るためのヒントをわかりやすく解説した画期的な一冊。

川上　未映子
おめかしの引力

「おめかし」をめぐる失敗や憧れにまつわる魅力満載のエッセイ集。単行本時より一〇〇ページ増量！《特別インタビュー・江南亜美子》

ディーン・R・クーンツ著／大出　健訳
ベストセラー小説の書き方

どんな本が売れるのか？　世界に知られる超ベストセラー作家が、さまざまな例をひきながら、成功の秘密を明かす好読み物。

ドナルド・キーン著／金関　寿夫訳

このひとすじにつながりて

私の日本研究の道

京での生活に雅を感じ、三島由紀夫ら文豪と交流した若き日の記憶。米軍通訳士官から日本研究者に至るまでの自叙伝決定版。《解説・キーン誠己》

佐野　洋子

役にたたない日々

料理、麻雀、韓流ドラマ。老い、病、余命告知——。淡々かつ豪快な日々を綴った超痛快エッセイ。人生を巡る名言づくし！《解説・酒井順子》

深代　惇郎

深代惇郎の天声人語

七〇年代に朝日新聞一面のコラム「天声人語」を担当、読む者を魅了しながら急逝した名記者の天声人語ベスト版が新装で復活。《解説・辰濃和男》

本多　勝一

〈新版〉日本語の作文技術

世代を超えて売れ続けている作文技術の金字塔が、三三年ぶりに文字を大きくした〈新版〉に。わかりやすい日本語を書くために必携の書。

群　ようこ

ゆるい生活

ある日突然めまいに襲われ、訪れた漢方薬局。お菓子禁止、体を冷やさない、趣味は一日ひとつなど、約六年にわたる漢方生活を綴った実録エッセイ。

山里　亮太

天才はあきらめた

「自分は天才じゃない」。そう悟った日から地獄のような努力がはじまった。どんな負の感情もガソリンにする、芸人の魂の記録。《解説・若林正恭》